Ludwig Harig erzählt in seiner poetisch-philosophischen Novelle die »unerhörte Begebenheit« vom kleinen Brixius, der eines Tages mit einem Luftsprung in die Weltbejahung hüpft und die Methode der wunderbaren Erhebung durch die Sprache bis hin zum Fliegen vervollkommnet. Und weil die Brixius'sche Anomalie ansteckend ist, kann man sagen, daß mit dem Datum jenes ersten Luftsprungs die schönere Zukunft der ganzen Menschheit angebrochen ist.

»Ein genußreiches Buch, ein schönes Buch, ein gescheites Buch – ein Buch der Unvernunft, die glücklicher ist als die Vernunft.« (Frankfurter Allgemeine Zeitung)

Ludwig Harig, der 1927 in Sulzbach/Saarland geboren ist, hat von 1950 bis 1970 als Volksschullehrer unterrichtet; 1974 quittierte er endgültig seinen Dienst und lebt seitdem als freier Schriftsteller – als »freiberuflicher Luftkutscher«, wie er selbst sagt – in seiner Geburtsstadt.

Neben zahlreichen kleineren dichterischen Arbeiten, kulturkritischen Feuilletons und Glossen hat Harig 54 Hörspiele, ein Theaterstück und mehrere Romane geschrieben; zuletzt erschien ›Ordnung ist das ganze Leben. Roman meines Vaters‹ (1986).

Ludwig Harig

Der kleine Brixius

Eine Novelle

Fischer
Taschenbuch
Verlag

Ungekürzte Ausgabe
Veröffentlicht im Fischer Taschenbuch Verlag GmbH,
Frankfurt am Main, Juli 1988

Lizenzausgabe mit freundlicher Genehmigung
des Carl Hanser Verlags, München Wien

Umschlaggestaltung: Hans-Georg Pospischil
und Alfons Holtgreve
Satz: Fotosatz Otto Gutfreund, Darmstadt
Druck und Bindung: Clausen & Bosse, Leck
Printed in Germany
ISBN 3-596-29313-8

Der kleine Brixius

I

Der kleine Brixius hüpfte in die Höhe und rief: »Ja, ja!« Dies geschah an einem 21. Juni, gleich am Montagvormittag kurz vor acht Uhr, ganz plötzlich und ohne daß jemand damit gerechnet hätte. Mit diesem Luftsprung und mit diesem doppelten Ja des kleinen Brixius war an jenem Montagmorgen in aller Frühe die schönere Zukunft der ganzen Menschheit angebrochen.
Aber so einfach ist es nicht mit der Zukunft, daß sie zum Beispiel nur an einem Zahn hängt, und daß ein plombierter, ein wurzelbehandelter oder vielleicht ein gezogener Zahn die jammervolle Gegenwart beenden und die schönere Zukunft anbrechen lassen kann. Denn Frau Brixius hielt einen Zahn und nicht das Entzükken für den Veranlasser dieses zwiefachen Ja. Ein Zahn plagt ihn, dachte Frau Brixius, es ist ein Zahn, der ihn Ja sagen läßt, ein rebellischer Zahn läßt ihn Ja zum Zahnarzt sagen, ist denn das die Menschenmöglichkeit?
Der kleine Brixius war ein fünfjähriger Grünschnabel wie Ole Luk-Oie auf dem Märchenbild, womöglich war er Ole Luk-Oie in einer verwandelten Form des zwanzigsten Jahrhunderts, jedenfalls konnte er wunderliche Ge-

schichten erzählen, und wenn er den bunten Schirm seiner Mutter aufspannte, dann erschienen darunter kleine Chinesen zwischen blauen Bäumen und spitzen Brücken, die standen da und nickten mit dem Kopf, wie es Chinesen eben tun, obwohl gar keine darauf gemalt waren, genau wie bei dem richtigen Ole Luk-Oie aus dem Märchen von Andersen.

Niemand soll denken, es sei menschenmöglich, daß ein fünfjähriger Knabe aus eigenem Entschluß in die Höhe hüpft und dabei zweimal Ja ruft, nur um damit anzuzeigen, daß er eine unstillbare Lust in sich verspürt, stehenden Fußes zum Zahnarzt zu eilen. Aber Frau Brixius, die in der letzten Zeit ein seltsames Wachstum der Zähne ihres Sohnes bemerkt hatte, ließ sich nicht von ihrer Absicht abbringen, sie zog rasch ihre Schuhe an, nahm den kleinen Brixius an der Hand, und beide traten vor die Tür.

Im Schirmständer lehnte der bunte Schirm, unter dem sonst die kleinen Chinesen zwischen den blauen Bäumen lustwandeln und über die spitzen Brücken steigen, jedoch es schien die Sonne, und ein warmer Strahl fiel mitten auf die Haustür der Familie Brixius. Der Schirm war nicht nötig, und so blieben die Chinesen unter der bunten Seide verborgen und konnten nicht mit dem Kopf nicken und ihre absonderlichen Späße treiben.

Ja, die Zukunft ist eine viel verwickeltere Erscheinung als eine augenblickliche Zahngeschichte, die ja vorübergehender Natur und eher eine Zerrüttung als eine Erbauung ist. Ein Zahn verfällt, aber die Zukunft entfaltet sich, und sie verdient eine gründlichere Behandlung als ein Zahn. Mit allerlei ausgeklügelten Geräten wie Hebeln und Haken, wie Spiegeln und Spritzen, wie Zwicken und Zangen ist der Zahnarzt mit dem Abbruch beschäftigt; der Anbruch der Zukunft dagegen geht ohne Werkzeug vonstatten; jedermann sieht sie auf sich zukommen, jedermann erwartet sie sehnlich, jedermann ist sich seiner Sache sicher: die Frommen glauben, die Heiden nehmen an, die Einfaltspinsel meinen, und die Politiker gehen davon aus. Auch Frau Brixius vertraute auf die Zukunft, aber ihre Hoffnung ruhte nicht auf den nickenden und auf den lächelnden Chinesen, sondern auf den Zwicken und den Zangen, sie sah nicht fernes, frohes Land voraus, sie glaubte an den Zahnarzt.

Der Zahnarzt hieß Dr. Zangl, ein schmaler, nervöser Mensch, der sich in seiner eilfertigen Geschäftigkeit den Anschein gab, als stünde er der Familie Brixius Tag und Nacht zur Verfügung. Unaufhörlich eilte er von dem einen seiner beiden Ordinationsräume zu dem anderen, denn die doppelten gläsernen Türflügel standen

immer offen, und Dr. Zangl, mit seiner quecksilbrigen Natur, war nicht der Mensch, der eine offene Tür verschmäht hätte. Sein Kittel war beständig aufgeknöpft, die Schöße wehten im Luftzug, zwei Vampirflügel, aber weiß und scheinbar harmlos; doch wenn man nicht genau wüßte, daß der kleine Brixius schon seine Milchzähne verlieren wollte und daß Frau Brixius voller Besorgnis wegen dieses außergewöhnlichen Wachstums gewesen wäre, dann hätte man Dr. Zangls Kittelschöße für weniger beängstigend halten können.
»Möglicherweise ist es oben der Dreier«, sagte Dr. Zangl, aber es war nicht der Dreier, der den kleinen Brixius in die Höhe hüpfen ließ, es war überhaupt kein Zahn. Während sich Dr. Zangl in den Kopf gesetzt hatte, einen Zahn zu seinem Angriffsobjekt auszuwählen, dem er notfalls gewaltsam mit Abbruch begegnen wollte, hatte sich im Munde des kleinen Brixius längst schon diese unerhörte Begebenheit ereignet, die unsichtbar und gewaltlos angebrochen war.
Nein, ein Zahn hat keine Zukunft, ein Zahn hat nur Vergangenheit. Die Zeit der Zukunft ist unberechenbar, ihr Wesen ist der Anbruch. Die Zeit des Zahns ist bemessen, sein Schicksal ist der Abbruch, und im Nu liegen ganze Steinbrüche und Kalkhaufen, ganze Schutthalden und Müllplätze, da liegen Emaillehügel und Gold-

berge zwischen den Kiefern, verfaulen und verrotten, aber mit soviel Plunder und Gerümpel im Mund hüpft niemand in die Höhe und ruft zweimal verzückt: »Ja, ja!«

Der kleine Brixius saß auf Dr. Zangls Ordinationsstuhl und lächelte. Dr. Zangl bediente sein sinnreiches Schaltsystem, mit Hilfe dessen er sich alle möglichen Ausgangsstellungen, alle denkbaren Angriffspositionen, alle aussichtsreichen Wirkungsvorteile verschaffen kann, und er handhabte sein arglistiges Werkzeug, mit Hilfe dessen er jeden einzelnen Winkel, jede verborgene Ecke, jedes versteckte Plätzchen des Mundes durchforstet.

Er drückte einen Knopf, und der Stuhl hob sich; er drückte einen Knopf, und der Stuhl senkte sich; er drückte einen Knopf, und der Stuhl drehte sich; er drückte einen Knopf, und der Stuhl kippte so plötzlich nach hinten, als wollte Dr. Zangl den kleinen Brixius mit dieser tückischen Finte in eine mißliche Lage versetzen. Er rüttelte an den Kronen, er scharrte an den Wurzeln, er jätete zwischen den Lücken, er kratzte so heftig am Zahnstein, als wollte er dem kleinen Brixius die Hypothese belegen, es sei nicht nur möglicherweise, sondern es sei erwiesenermaßen der obere Dreier, der ihn zum Hüpfen antrieb. Der heb- und senkbare, dreh- und kippbare Sessel hob und senkte sich, drehte sich und kippte, aber der kleine Brixius lächelte. Er lächelte vergnügt und sagte: »Ja, ja.«

Dr. Zangl schwor auf die empirische Methode. Durch unablässiges Heben und Senken, Drehen und Kippen seines Ordinationsstuhls und durch unaufhörliches Rütteln und Scharren, Jäten und Kratzen seiner Werkzeuge verschaffte er sich tiefgehende Kenntnisse der menschlichen Gebisse und erwarb er sich virtuose Fertigkeiten, diese Gebisse zu attackieren. O nein, Dr. Zangls Vorgehen war nicht von deutlich bewußten theoretischen Ansichten geleitet, er schaute hinter die Schäfte und blickte zwischen die Stümpfe, sein eiserner Haken griff suchend und irrend im Mund umher und forschte nach den verhängnisvollen Blößen. O weh, wenn ein Zahn sich auch nur die allergeringste Blöße gab, dann hakte Dr. Zangl verwegen ein.

Die Morgensonne, die ihren warmen Strahl nicht an Dr. Zangl und seine Aktivitäten vergeudete, schien auf die abgewandte Seite des Ordinationsraumes. Auf diese Weise stach das bläuliche Neonlicht der Behandlungslampe um so schärfer in die Mundhöhle des kleinen Brixius und erleuchtete schonungslos das empirische Vorgehen Dr. Zangls. Welch schmähliche Niedertracht, wie er sich so mit Haken und Ösen an den unschuldigen Zähnen eines Kindes verging! Der kleine Brixius spannte seine Kiefer auseinander und hielt dem ruchlosen Suchen und Irren Dr. Zangls geduldig seinen oberen Dreier hin.

Nun muß man wissen, daß die oberen Dreier die allerhöchste Aufmerksamkeit verdienen. Oh, weh dem Zahnarzt, welcher die oberen Dreier vernachlässigt, diese Augenzähne, diese Eckzähne, diese dentes canini, ja, diese vampirischen Fangzähne, die von jeder empfindlichen Seele in eine schmatzende Bewegung versetzt werden. Und so bespiegelte und beklopfte Dr. Zangl die oberen Dreier des kleinen Brixius mit ganz besonderer Akribie.

O nein, Dr. Zangl war nicht der Mann, das Wohlerwogene einer Hypothese in Rechnung zu stellen; wenn er eine Hypothese verfocht, dann schritt er voreilig und flugs zur Tat, und in seiner blinden Trial-and-Error-Therapie focht er lieber mit spitzen Instrumenten als mit abgeklärten Argumenten. Wohl bedachte er die Zeit des Zahns, von der er wußte, daß sie bemessen war, und er behandelte dementsprechend mit empirischer Besessenheit; aber den Zahn der Zeit, von dessen Unberechenbarkeit er sich keinen Begriff machte, übersah er, und er kam gar nicht dazu, ihn mit rationaler Gemessenheit zu diagnostizieren. Blindwütig faßte er den linken oberen Dreier ins Auge, aber mit diesem Blick in die vampirische Vergangenheit der Menschheit entging er der Ursache des verzückten Hüpfens, das ja gar kein Übel, sondern ein Heil anzeigte.

O nein, die Ursache lag viel weiter hinten im Schlund, es war nicht ein Zahn, es war ein ganz anderer Körperteil, der dieses Ja hervorrief. Es war ein Körperteil, der nicht allein auf Reize physikalischer oder nervöser Natur reagiert wie ein Zahn, es war ein Körperteil, der nicht nur in der Lage ist, ein Ja oder auch ein Nein hervorzurufen, o nein, es war ein Körperteil, der dieses alles hervorzubringen imstande ist: es war die Stimmritze. Es war die Stimmritze, und schon am folgenden Samstag sah man Dr. Kropf, den leitenden Hals-Nasen-Ohren-Spezialisten des hiesigen Klinikums, mit Dr. Zangl in fachlichem Gespräch durch die Blumenboskette des Krankenhausgartens wandeln. Sie spazierten nicht unter blauen Bäumen und stiegen nicht über spitze Brücken wie die nickenden und lächelnden Chinesen, sie schritten ernst und nachdenklich dahin, und sogar Dr. Zangls Kittel war zugeknöpft.

Das Schicksal eines Zahns ist der Abbruch. Das Wesen der Zukunft ist der Anbruch. Nun aber senkte sich der Blick vom ersten und zweiten Quadranten des oberen Kiefers hinab in die Tiefen des Schlundes, dem Schicksal des Zahns folgte das Los der Stimmritze, und auch das

Wesen der Zukunft zeigte von hier aus ganz andere Dimensionen. »Es ist die Stimmritze«, sagte Dr. Kropf, »und mit der Stimmritze ist nicht zu spaßen, nie und nimmer.«
Nein, mit der Stimmritze ist wirklich nicht zu spaßen, wie recht hatte Dr. Kropf. Es gibt überflüssige und lebenswichtige, beiläufige und unabdingbare, es gibt zufällige und verhängnisvolle Organe. Was hat es nicht alles um die Haarwachsdrüse gegeben, welche Umstände sind nicht um den Wurmfortsatz gemacht worden? Ein Zahn kann alles mögliche, er kann überflüssig, beiläufig, zufällig sein wie ein Weisheitszahn, er kann aber auch lebenswichtig, unabdingbar, verhängnisvoll sein wie ein Schneide-, ein Eck-, ein Backenzahn oder aber auch, seit es die Kunst der Prothese und ihre Hygiene gibt, nichts von alledem.
Ein verhängnisvolles Organ ist die Stimmritze. Der Mensch, der ein Leben lang auf willkürliche Weise mit allerlei Arten von Ritzen beschäftigt ist, kann sich nicht die Ritze aussuchen, an der sich letzten Endes sein Hirn befeuert, sein Herz entzündet, sein ganzer Leib sich entflammt, er muß wohl oder übel seine ganze Zukunft auf die Ritze setzen, die sich zwischen seinen Stimmbändern befindet. Und dabei hätte er sich viel lieber mit all den anderen Ritzen eingelassen!

Ja, was nicht alles von der Stimmritze abhängt, es geht über die kühnste Vorstellung hinaus! Ein Luftstrom streicht über den Gaumen, es öffnen sich die Deckel, es schließen sich die Falten: hui, wie die Stimmbänder flattern, hei, wie die Stimmlippen schwingen! Oh, dieses antagonistische Zusammenspiel der Muskeln im Kehlkopf! Dann spaltet sich die Stimmritze wie eine magische Nuß: der Strom ist zum Ton geworden, was für ein Resonanzboden für die ganze Tier- und Menschenwelt ist nun der Gaumen!
Die Hunde bellen, die Schafe blöken, die Frösche quaken. Die Mäuse fiepen, die Bären brummen, die Elefanten trompeten. Und erst die Vögel mit ihrer weichgepolsterten Syrinx, wie groß ist ihre Resonanz! Es schnattern die Gänse, es gackern die Hühner, es krächzen die Raben. Es pfeifen die Spatzen, es flöten die Amseln, es schlagen die Wachteln. Nur die Geier sind stumm, sie müssen ohne Syrinx leben. Ja, die Geier, sie haben die Flöte des Pan nicht verdient, was wäre, wenn erst die menschlichen Geier ohne Stimmritze auskommen müßten!
Frau Brixius atmete erleichtert auf. Sie kehrte mit dem kleinen Brixius nach Hause zurück, ging achtlos an ihrem bunten Schirm vorbei, zog wieder die Schuhe aus und war in dem festen Glauben, eine Stimmritzengeschichte sei

eine harmlosere Erscheinung als eine Zahngeschichte. Sie hieß den kleinen Brixius zum Einkaufen in den Metzgereiladen gehen, und der kleine Brixius sagte: »Ja, ja.« Er ließ sich Hustentropfen einflößen, ohne daß er den Husten hatte, er streifte die Schuhe auf dem Fußabtreter ab, ohne daß sie im geringsten schmutzig waren, ja er putzte sich sogar unaufgefordert die Zähne, ohne daß oben links der Dreier sich geregt hätte, geschweige denn die anderen Zähne irgendeine Unregelmäßigkeit anzeigten.
Es konnte wohl nur die Stimmritze sein, und dafür war Dr. Kropf der richtige Mann. Während Dr. Zangl auf die empirische Methode schwor, schwor Dr. Kropf auf die spekulative Methode, und das hatte im Hinblick auf die Stimmritze beträchtliche Vorteile. Im Unterschied von Dr. Zangl, der ja seine Kenntnisse und die darauf beruhenden Fertigkeiten vorwiegend durch Erfahrung und Ausprobieren gewann, ohne von deutlich bewußten theoretischen Ansichten geleitet zu sein, gewann Dr. Kropf seine Kenntnisse und die darauf beruhenden Fertigkeiten vorwiegend durch Nachdenken und Vermuten, ohne von deutlich bewußten praktischen Handgriffen beeinflußt zu sein, zumal es ja auch an der Stimmritze weit weniger zu tun gab als an einem Zahn.
Trotzdem benutzte Dr. Kropf den Czermak-

schen Spiegel, daran gab es nichts zu rütteln. Auch wenn er hin und wieder die Stroboskopie durchführte und sich mit Hilfe des Hochgeschwindigkeitsfilms feinerer Stimmritzenschwingungen vergewisserte, so ließ er doch am liebsten die Instrumente in der Schublade und die Geräte im Schrank und legte seinen Kopf in beide Hände.

Ja, Dr. Kropf war ein spekulativer Mensch; und als der kleine Brixius ihm in seinem Ordinationszimmer gegenübersaß, da brauchte er nicht auf den Stuhl zu steigen, der ihn hob und senkte, drehte und kippte. Er brauchte kein Rütteln und kein Scharren, kein Jäten und kein Kratzen zu erdulden, nein, Dr. Kropf war kein empirischer Detektiv wie Dr. Zangl, er wußte sogar ohne den Czermakschen Spiegel, daß es die Stimmritze war, die den kleinen Brixius zum Jauchzen brachte.

Dr. Kropf gab sich nicht einmal mit dem bloßen Nachdenken und Vermuten zufrieden, er hatte sogar eine Theorie entwickelt. Neben der bekannten aerodynamischen und der geschmähten neurochronaxischen als ganz speziellen Theorien hatte er eine allgemeine Ritzentheorie entwickelt. Dr. Kropf sagte sich, um wieviel mehr muß sich das, was sich zwischen den Stimmlippen auftut, blindtätig auf den gesamten Organismus auswirken, als das, was sich

zwischen Fenstern und Türen, zwischen Mauern und Felsen zeigt und sich auf deren Schicksal niederschlägt?
Es klafft die Stimmritze, und heraus tritt ein Ton. Es klafft die Fensterritze, die Türritze, die Mauerritze, die Felsritze, aber was tritt heraus? Nicht einmal ein unartikulierter glottaler Hauch, bestenfalls ein Lüftchen, aus dem sich aber kein Ton, kein Laut, kein Wort bildet, das die ganze Welt verwandeln könnte. Dr. Kropf ließ den Czermakschen Spiegel in der oberen Seitentasche seines Ordinationskittels stecken, nein, er rührte ihn nicht an, er war nicht auf einen Spiegel angewiesen, ihm wurde auch ohne Spiegel bewußt: es ist das Ritzenhaftige an sich, das die Welt beherrscht, ja, die Ritze ist das wahre Sein, an der Ritze deutet sich der Kosmos aus.
Da gibt es die Risse im Körper, die Arm- und die Bein-, die Nabel- und die Leistenrisse, da gibt es die Spalten in der Natur, die Eis- und die Luft-, die Erd- und die Gletscherspalten, da gibt es den Grundriß und den Zwiespalt, die sich im Nu allesamt als Brüche erweisen; und Dr. Kropf war so besessen von dieser Theorie der Ritzenhaftigkeit, in der sich, durch unaufhörliches Spekulieren, die Ritzen zu Rissen, die Risse zu Spalten, die Spalten zu Brüchen vergrößerten, daß er schließlich dahin gelangte, das Geschick

des Menschen überhaupt von der Ritze her zu erklären. So kam Dr. Kropf, ausgehend von der allgemeinen Ritzentheorie, über die spezielle Riß- und Spalttheorie, am Ende bei einer universalen Bruchtheorie an, in der sich seine Stimmritzenhypothese von der Brüchigkeit alles Bestehenden als unwiderlegbar erhärtete.
Während all dieser medizinischen Überlegungen nahm aber die absonderliche Entwicklung des kleinen Brixius ihren Fortgang, ohne daß es gelungen wäre, dieselbe zu erklären, geschweige denn zu bremsen oder gar in planvolle Bahnen zu lenken. Im Gegenteil, sein freudiges Ergötzen nahm immer mehr zu, was ja aller erziehungswissenschaftlichen Erkenntnis zuwiderlief: er war der Bock beim Bockspringen, er war der Schinken beim Schinkenklopfen, und er spannte so gern den bunten Schirm auf, unter dem die blauen chinesischen Bäume und die spitzen chinesischen Brücken erschienen, wie bei Ole Luk-Oie im Märchen.
Was war mit dem kleinen Brixius geschehen, daß er so plötzlich in die Höhe gehüpft war und so unerwartet »Ja, ja« gerufen hatte? Für Dr. Kropfs universale Bruchtheorie brach eine Bewährung an, in der die Hypothesen der Theorie selbst eher zum Scheitern als zum Bewahrheiten Anlaß gaben. O ehrenwerter Dr. Kropf, wenn Sie so sehr auf die Geordnetheit des Welt-

geschehens vertrauen und eine Theorie für um so zutreffender halten, je einfacher sie ist, dann konnte es sich bei dem kleinen Brixius um nichts anderes als um die Stimmritze handeln.

Das Schicksal eines Zahns, woher auch immer betrachtet, ist der Abbruch. Das Los der Stimmritze, je nachdem, ob von außen oder von innen betrachtet, ist der Einbruch oder der Ausbruch, daran gab es nichts mehr zu deuteln. Es konnte sich allerdings nicht darum handeln, daß etwas von außen ausgebrochen oder von innen eingebrochen beziehungsweise nach außen ausgebrochen oder nach innen eingebrochen war, o nein, so einfach war Dr. Kropfs Bruchtheorie nicht beschaffen.

Wer den Kehlkopf kennt und sich seine Gedanken darüber gemacht hat, wer darüber hinaus seine Vermutungen nicht in die falsche Richtung gelenkt und begriffen hat, daß dieses selbsterregte Schwingungsfeld, dieses schwingende System, das nur in einer glottalen Schwingungs-, einer laryngalen Strömungslehre gefaßt werden kann, von verhängnisvollen Ein- und Ausbrüchen bedroht ist, der kann die Diagnose Dr. Kropfs teilen. Dr. Kropf vergegenwärtigte sich das Stimmritzenbild des kleinen Brixius, und er folgerte: Irgend etwas mußte, von innen gesehen, von außen eingebrochen

oder von innen ausgebrochen, beziehungsweise, von außen gesehen, nach innen ausgebrochen oder nach außen eingebrochen sein, was, auf die Kropfsche Formel gebracht, nur heißen konnte: Irgend etwas war, von innen nach außen aus-, oder von außen nach innen eingebrochen, das ließ keinen Zweifel mehr zu.
Aber dieser Bruch, so einfach die Kropfsche Theorie auch beschaffen war, durfte nicht mit einem landläufigen Stimmbruch verwechselt werden. O nein, die Stimmlippen waren nicht im mindesten gerötet und die Stimmritze stand in ihrem hinteren Drittel nicht offen, wie bei einem pubertären Vierzehnjährigen, da gabs kein Mutationsdreieck zu sehen, keine magische Trigonometrie zu entziffern, nichts von alledem.
Da aber vom Augenschein her nicht das geringste wahrzunehmen und es unter diesen Umständen auch nicht nötig war, den kleinen Brixius mit irgendwelchen Instrumenten zu behandeln, und andererseits, von der Spekulation her, so kunstreich Dr. Kropf auch mit den Hypothesen seiner Theorie operieren wollte, nicht im entferntesten aufzuhellen war, wie es diese universalglottale Brüchigkeit dahin gebracht hatte, einen fünfjährigen Knaben zur freiwilligen, zur selbsttätigen, zur verzückten Zustimmung zu bewegen, und zwar in allen Lebenslagen, blieb Dr. Kropf am Ende nur die Wahl, den

Fall Brixius als einen Fall glottaler Abnormität mit mutablen Merkmalen abzuschließen oder ihn an einen Spezialisten weiterzugeben, der nicht die empirische Methode auf der einen und die spekulative Methode auf der anderen Seite als die einzigen Methoden ansah, diese unerhörte Begebenheit zu diagnostizieren.
Inzwischen saß der kleine Brixius auf einem Stuhl am Küchentisch seiner Mutter und bastelte. Zuerst zeichnete er mit dicken farbigen Stiften allerlei Figuren auf ein steifes Blatt Papier, menschliche Figuren und Häuser, ein weites Wiesenland mit Bergen am Horizont und einen Fluß, der mitten durch diese Landschaft floß. Mit einer Schere schnitt er die Figuren aus dem Papier heraus, und als er das Papier faltete und zusammenklebte, da waren es blaue Bäume und spitze Brücken; die Bäume standen zu beiden Seiten des Flusses, die Brücken führten von einem Ufer zum anderen, und die Figuren waren lauter kleine Chinesen in diesem Panorama, die lächelten und mit dem Kopfe nickten.
Dr. Zangl, der Zahnarzt, und Dr. Kropf, der Laryngologe, wandelten unterdessen zwischen den Blumenbeeten des Klinikgartens umher, der eine glatt und nervös, mit wehenden Kittelschößen, und der andere gefaßt und gefurcht, bis an den Adamsapfel zugeknöpft. Sie plauderten und schwadronierten, sie schwatzten

und fachsimpelten und dachten gar nicht daran, daß es auch eine Unvernunft, eine Folgewidrigkeit, einen völligen Aberwitz der Geschichte gibt, der die Dinge oft so erscheinen läßt, als seien sie rundweg erfunden.

II

In Landau in der Pfalz, an der Erziehungswissenschaftlichen Hochschule, lehrt Professor Geißenreither. Professor Geißenreither ist der scharfsinnigste Kopf der gesamten Erziehungswissenschaft, denn er schwört auf die hermeneutische Methode. Wie Zahnarzt Dr. Zangl schätzt er die empirische, und wie Laryngologe Dr. Kropf würdigt er die spekulative Methode, aber er ist nicht so töricht, jede für sich als eine zuverlässige Methode anzusehen, mit Hilfe derer man etwa Sprechveränderungen im Hals-Nasen-Ohrenbereich erkennen und behandeln könnte. »Es kommt auf die Auslegung an«, sagt Professor Geißenreither, und wer wollte ihm da widersprechen?
Professor Geißenreither legt aus. Es ist ihm ein Erscheinungsmerkmal Josephs aus der biblischen Geschichte eigen, ein Merkmal, das womöglich allen Auslegern gut ansteht, Professor Geißenreither ist nämlich schön von Angesicht, und er trägt einen bunten Rock. Man fragt sich natürlich zu Recht, woher es rühren mag, daß gerade dieser Ausleger durch Schönheit des Angesichts und durch Buntheit des Rocks vor allen anderen Menschen ausgezeichnet sein mag.

Es ist der besondere Gnadenstrom, der zwischen seinen Lippen hervorquillt, der Sendungsblitz, der an seiner Zungenspitze explodiert, es ist das verwandelnde Wort, das den angemessenen Mund benötigt. Was ist doch der Mensch für ein bestechliches Wesen: er hört nur hin, wo das schöne Wort mit der wörtlichen Schönheit gepaart ist, ja, der Mensch will beides zugleich, er will sehen und hören, und nur wo es auch etwas zu sehen gibt, da hört er hin. Und mit einem schönen Mund allein ist es auch nicht getan!

Dieser bunte Rock des Auslegers ist es, der die Aufmerksamkeit erregt. Allerdings darf dieser Rock nicht mit einem auffälligen grellfarbenen Kittel verwechselt werden, und Professor Geißenreither läuft auch nicht herum mit einer weißen Schnalle am rechten Schuh und am linken mit einer gelben wie der Scharlatan in Hebels Zahnarztgeschichte, ganz im Gegenteil. Professor Geißenreither würde niemals Socken an seinen Füßen tragen, die von hellerer Farbe als die seiner Hose sind: und gerade diese dezente Auffälligkeit, die sich bei Professor Geißenreither in eine auffällige Dezenz verwandelt, deutet seine hermeneutische Natur an: jedermann wendet ihm Auge und Ohr zu, denn ihm ist es gegeben, die Geister zu unterscheiden, die Sprachen auszulegen und selbst zu sprechen, er redet und er rezitiert, er sagt aus und er sagt auf, und zwar nach beiden Seiten, laut und deutlich.

Während dessen sagte der kleine Brixius immer nur »Ja, ja« und saß vergnügt vor seinem selbstgebastelten chinesischen Panorama. Unter den blauen Bäumen aus Pappe standen die Chinesen und lächelten, sie stiegen über die spitzen Brücken und nickten mit dem Kopf, die weite Landschaft mit dem Fluß in der Mitte und den Bergen am Horizont duftete nach Apfelblüten, und der kleine Brixius roch es ganz deutlich. Das Blau der Bäume war so heiter, die Spitzen der Brücken waren so lustig, der Duft der Apfelblüten war so beseligend, daß der kleine Brixius ein ums andere Mal verzückt in die Höhe hüpfte und sich nicht fassen wollte aus lauter Freude. Immerfort sagte er »Ja, ja«, und der stimmhafte palatale Reibelaut schleuderte den fröhlichen Vokal mit einer solchen Vehemenz aus dem geöffneten Mund, daß Professor Geißenreithers hermeneutisches Herz in ein heftiges Pochen versetzt wurde, als er sich mit dem Fall Brixius zu beschäftigen begann. Professor Geißenreither hatte selbst lange Zeit in der Nähe des kleinen Brixius gewohnt, unterhalb des Gelben Berges, in Liebergallshaus, und die freudige Verzücktheit der Liebergallshauser war ihm nicht fremd.

Ja, wer die Liebergallshauser kennt, wie sie in den Sommernächten ihre Feste feiern und zuversichtlich ihre künftigen Tage planen, der wundert sich nicht, daß es gerade einer von ihnen gewesen ist, der dieses wortwörtliche Zeichen eines doppelten Ja zum Anbruch der schöneren Zukunft gesetzt hatte, und zwar für alle Menschen dieser Erde. Dann wollen die Liebergallshauser nämlich nicht mehr in einem Festzelt sitzen, das immer wieder abgeschlagen und neu aufgebaut werden muß, o nein, sie wollen einen ganzen Freudenpalast bauen, mit einer florentinischen Kuppel, unter der das ganze Jahr über die Liebergallshauser Fröhlichkeit gedeiht, bei Regen und Wind, bei Eis und Schnee, dafür haben sie schon Raum geschaffen, ein Schulhaus abgerissen, das im Wege stand, eine Turnhalle eingeebnet, die den Platz beengte. Was braucht es fürderhin diese prüfungsbezogene Ausbildung des Hirnes, was braucht es diese leistungsintensive Ertüchtigung des Leibes, wenn eine viel stofflosere Fröhlichkeit bevorsteht?

Professor Geißenreither nahm sich des Falles an, und er hatte Erfolg. Nicht, daß der kleine Brixius immerzu Ja sagte, sondern daß er nicht mehr Nein sagte, das gab Professor Geißenreither zu denken. Der kleine Brixius war in die Höhe gehüpft und hatte zweimal »Ja, ja!« gerufen, gut, sagte Professor Geißenreither, und er empfand rhetorische Wonnen voraus, aber warum nicht mehr Nein? Professor Geißenreither folgerte hermeneutisch: als er nämlich auf die Erde zurückkam, da konnte er gar nicht mehr Nein sagen, aber nicht wegen eines Zahns, der ihn plagte, und er sich nicht weiter weigern wollte, Dr. Zangl zu konsultieren, und auch nicht wegen der Stimmritze, die etwa einer nervösen oder einer krampfhaften Veränderung wegen ein Nein nicht mehr zuließ und Dr. Kropf zu seinen Bruch-Spekulationen veranlaßte, o nein.

Es war ja nicht nur dies, daß der kleine Brixius nur noch »lieb« und nicht mehr »böse«, daß er nur noch »hell« und nicht mehr »dunkel« sagte; viel aufschlußreicher war es für Professor Geißenreither, daß der kleine Brixius anfing, die Welt und die Wörter zu vertauschen. Zur Totenuhr sagte er Schmetterling, o wie gerne hätte er Klopfkäfer oder Holzbohrer gesagt! Zum Teufelszwirn sagte er Vergißmeinnicht, ja hätte er Seidenwinde oder Jungfernhaar sagen können, wie glücklich wäre er darüber gewesen! Aber er wußte die lustigen und sanften Wörter nicht, und so sagte er lieber Schmetterling und Vergißmeinnicht: das fröhliche Schmettern und das süße Nichtvergessen, das zog er vor. Und dabei gab es keinerlei Anzeichen irgendeiner Mißbildung in seinem Munde. Alles war an seinem Platz angewachsen, er hatte keine gespaltene Lippe, keine spitze Zunge, kein flattriges Gaumensegel. Sein Rachen war ihm nicht zum Wolfsrachen verquollen, seine Oberlippe war ihm nicht zur Hasenscharte zerrissen; seine Lippe war geschwungen, wie eine Lippe geschwungen sein soll, seine Zunge war mollig, wie es einer Zunge ansteht, sein Gaumen war glatt, wie es sich für einen Gaumen gehört, damit das Ja ihm beseligend aus dem Munde floß, ja, was die Lippe, die Zunge und den Gaumen anbetraf, so stand ihm nichts im Wege, Nein zu sagen, Gott behüte. Es lag nicht am Mund, das gewiß nicht. Und doch richtete Professor Geißenreither sein ganzes Augenmerk auf das Sprechen.

Professor Geißenreither entbindet das Verstehen aus dem Sprechen. Oh, das ist heikles und folgenschweres Tun! Er bewegt seine schöne Lippe und fragt: »Wer spricht was, wo und wann, wie, warum und wozu, auf welche Weise, mit oder zu wem?« Dann wirft er den Gedanken auf die andere Seite und fragt zurück: »Wer versteht was, wo und wann, wie, warum und wozu, auf welche Weise, mit oder von wem?« denn schließlich weiß Professor Geißenreither, daß das Gesagte eben nicht nur jemandes Gesagtes, sondern daß das Gehörte auch jemandes Gehörtes ist, und das hat er, damit es gehört wird, laut und deutlich gesagt.

Der kleine Brixius sagte: »Ja, ja!« Professor Geißenreither hörte: »Ja, ja!« Hatte der kleine Brixius gesagt, was er meinte, und hatte Professor Geißenreither verstanden, was er hörte, haben sich Professor Geißenreither und der kleine Brixius wirklich und wahrhaftig auf demselben Punkt getroffen? Der kleine Brixius war ein pausbackiger Grünschnabel wie Ole Luk-Oie, er brauchte noch nicht einmal den bunten Schirm aufzuspannen, um die freundlichen Chinesen in seine Nähe zu bringen. Er hatte ja nicht einfach nur »Ja, ja!« gerufen, er war dabei ja auch in die Höhe gehüpft, »und diese besondere Situation«, sagte Professor Geißenreither, »sie modifiziert mir den Sinn. Mißdeute niemand voreilig dieses Hüpfen, indem er es mißversteht.«

Der kleine Brixius kannte seine Welt auswendig; da war das Haus und der Garten, im Haus der Regenschirm und das Märchenbild und im Garten der Schmetterling und das Vergißmeinnicht. Da aber vertauschte er die Welt und die Wörter nach seiner augenblicklichen Laune und brachte einen Zahn- und einen Stimmritzenspezialisten in die allerärgste Verlegenheit. Er müßte kein Liebergallshauser sein, der unter der florentinischen Kuppel eines Freudenpalastes seine Luftsprünge vollführt und unterstzuoberst über die Köpfe der Leute fliegt. Nur Professor Geißenreither behielt seinen Kopf oben und zeichnete mit spitzen Wörtern seinen hermeneutischen Zirkel. »Sprache deutet Welt. Sprechen deutet Sprache. Interpretatio interpretationis. Papperlapapp!« sagte Professor Geißenreither und strich sich mit schmalen Fingern über seinen dezenten einfarbigen Rock.

Er nahm den kleinen Brixius an der Hand, und nun bewegten sich beide in Professor Geißenreithers hermeneutischem Zirkel: das einzelne begreift sich aus dem ganzen, das ganze begreift sich aus dem einzelnen, das besondere Hüpfen versteht sich aus der allgemeinen Erhebung, die allgemeine Erhebung versteht sich aus dem besonderen Hüpfen. Professor Geißenreither versteht den kleinen Brixius besser als der kleine Brixius sich selber versteht, Professor Geißenreither versteht auch Ole Luk-Oie besser als Ole Luk-Oie sich selber versteht, ja, Professor Geißenreither versteht jedermann besser als jedermann sich selber versteht, Professor Geißenreither ist ein hermeneutischer Hexenmeister und Tausendsassa, und die rhetorischen Wonnen, die er schon im voraus empfunden hatte, sind ein sicheres Anzeichen dafür, daß nur er es fertigbringt, in diesem jetzigen Augenblick das

Hüpfen von gestern als die Erhebung von morgen zu verstehen. »Oh, vergeßt mir ja nicht die Geschichtlichkeit des Sprachlichen«, ruft er aus, »und vergeßt mir nicht die Sprachlichkeit in der Geschichte.«

Ja, Professor Geißenreither entband das Verstehen aus dem Sprechen, und an der Erziehungswissenschaftlichen Hochschule in Landau regten sich schon die Grammatiker und blätterten in ihren Sprachlehren. Sie verglichen die Wörter mit den Dingen und die Wörter untereinander und hüteten sorgsam die festgelegten Entsprechungen und verteidigten sie eifersüchtig gegen Professor Geißenreither, der sie im Handumdrehen als entsprechende Festlegungen verstand und seinem hermeneutischen Zirkel aussetzte. »Dies ist kein modischer Aufputz«, sagte Professor Geißenreither und schlug seine Beine übereinander, damit jedermann seine Socken sehen konnte, die haargenau zu seiner Hose paßten, »hier handelt es sich nicht um modische Accessoires.«

Das fehlte gerade noch, daß von grammatischer Seite her die Seriosität der Hermeneutik bezweifelt werden würde! Professor Geißenreither lenkte das Augenmerk von der Stimmritze auf die Hirnritze: ja, nicht ein Riß im Hals, ein Riß im Hirn würde viel eher die Ursache dieses sonderbaren Verhaltens sein; nicht eine Stimmrissigkeit, sondern eine tiefgreifende Hirnrissigkeit mußte wohl diese Verwandlungen hervorgerufen haben. Aus diesem Grunde riet Professor Geißenreither dringend zu, diesen außergewöhnlichen Fall von Göttingen aus nachprüfen und womöglich beurteilen zu lassen. Aber o weh, kaum hatte sich der Fall auf der hermeneutischen Ebene derart zugespitzt, da kam aus Göttingen eine schlimme Kunde. Sie spaltete auf einen Streich die naturwissenschaftlichen Gemeinplätze und die ideologischen Feldlager, und der Fall Brixius gewann seine allesentscheidende Dimension hinzu.

Göttingen, ein Name, der von Heine her ein bißchen nach altfränkischer Bürgerlichkeit klingt, beherbergt heute ein Institut für Psychologie, in dem Professor Suitbert ein Forschungsprojekt unterhält, dessen Kernproblem sich mit den Entdeckungen des Historikers und Physikers Aldoso auseinandersetzt. A. L. Tschijewsky, der im Jahre 1924 die ersten Ergebnisse dieser Entdeckungen publizierte und als der eigentliche Anreger des Projekts angesehen werden muß, verbrachte 15 Jahre in sowjetischer Verbannungshaft am Ural und mußte zwangsweise die Weiterarbeit aufgeben. Sein Schicksal läßt darauf schließen, daß Aldosos brisante Entdekkung dem materialistischen Weltzuschnitt zuwiderläuft, und so liegt es an Professor Suitbert,

Aldosos Antizipationen weiter zu verfolgen und womöglich als zutreffend auszuweisen.
Professor Suitberts Göttinger Projekt ist als Forschungsseminar über »Psychologische Aspekte potentieller Veränderungen der allgemeinen Bewußtseinslage« ausgewiesen; es nimmt in dieser bescheidenen Firmierung Aldosos Ideen in dem Augenblick wieder auf, in dem das rätselhafte Verhalten des kleinen Brixius die ungleichartigsten Wissenschaften zu beschäftigen begann.
Vergeßt über so viel Kopf und Hirn die Füße nicht! Ja, laßt bloß die Füße nicht außer acht, wenn es um die Zukunft geht, denn schließlich hatte der kleine Brixius nicht nur gerufen und seine Stimme zu Hilfe genommen, er war ja auch in die Höhe gehüpft und hatte seine Füße benutzt. Sind nicht die Füße ein spezifisch Göttinger Problem, speziell die göttingischen Damenfüße? Und hatte nicht Heinrich Heine nur deshalb vergleichende Anatomie gehört und die Füße der vorübergehenden Damen studiert, um unter Hinzufügung einiger Kupfertafeln mit den Abbildungen der göttingischen Damenfüße, in einer gelehrten Schrift nachzuweisen, daß dieselben nicht zu groß ausgefallen seien, wie damals vielfach behauptet wurde.
Nun ist der kleine Brixius kein Göttinger, auch leidet er nicht unter abnormen Füßen, aber, wie

man sehen wird, Bewußtseinsveränderungen gehen psychosomatisch vonstatten, und gerade die Extremitäten spielen weitreichend in die Vorgänge hinein. So dürfen die Füße des kleinen Brixius nicht aus den Augen verloren werden, obwohl die Göttinger Untersuchung dem Fall eine ganz andere Wendung zu geben schien, und es so aussah, als verliere die Geschichte völlig den Boden unter den Füßen.

Mit Aldosos Entdeckung war die Tür ins 21. Jahrhundert aufgestoßen. Nun würde es auf robuste Füße ankommen, die Schwelle zu überschreiten und wieder festen Boden zu gewinnen. Aldoso hatte nach langen Beobachtungen festgestellt, daß die Bewußtseinsschwankungen nicht regional, nicht einmal national oder kontinental, sondern immer weltweit, geradezu mondial, ja universal auftraten, zur gleichen Zeit und in gleicher Heftigkeit, und daß es vom ersten Auftreten bis zur Ausbreitung immer nur sehr kurzer Inkubationen bedurft hatte.

Aldoso folgerte: es gibt eine bisher unbekannte und unbemerkte physikalisch-physiologische Stimulation der zentralnervösen Bewußtseinskorrelate beim Menschen, und diese Stimulation kann nur extraterrestrischen Ursprungs sein. Kosmische Kräfte als bewegende Faktoren greifen in den menschlichen Organis-

mus ein und stimulieren den Korrelationsmechanismus des Bewußtseins.
Ja, potztausend, hatte nicht gerade der kleine Brixius nur noch »ja« und nicht mehr »nein«, nur noch »lieb« und nicht mehr »böse«, nur noch »hell« und nicht mehr »dunkel« gesagt? War nicht schon die Hermeneutik ihm dorthin gefolgt, wo das Nein sich in ein Ja verwandelt, eine Totenuhr in einen Schmetterling, ein Teufelszwirn in ein Vergißmeinnicht? Hatten nicht schon der kleine Brixius und die Hermeneutiker diese Korrelationsschwelle erreicht, wo vom Warmen und vom Kalten nur das Warme, wo vom Runden und vom Viereckigen nur das Runde, wo vom Oben und vom Unten nur das Oben, ja wo vom Yin und vom Yang nur das Yang übrigblieb?
Aldosos Entdeckung ist nicht mit einem vagen Aufstöbern zu vergleichen. Er hatte nicht in den Bruchstücken des Weltalls herumgestochert wie Zahnarzt Dr. Zangl in den Zähnen, er hatte nicht an den Zwiespältigkeiten des Universums herumspekuliert wie Laryngologe Dr. Kropf an der Stimmritze und dabei plötzlich die Anzeichen irgendeines fragwürdigen Zusammenfalls von mechanischen und organischen Erscheinungen innerhalb der Wechselbeziehungen zwischen Einzelmensch und Gesamtkosmos zutage gefördert.

Es ging beileibe nicht so ungereimt zu, auf der einen Seite nicht so oberflächlich und nicht so kurzschlüssig, und auf der anderen Seite nicht so abstrakt und nicht so kompliziert, obwohl ja diese allumfassenden Zusammenhänge weder auf tiefschürfende noch auf schlüssige, weder auf gegenständliche noch auf einfache Weise zu erklären sind, und doch: Aldoso brachte es fertig, diese Vorgänge plausibel zu machen, und zwar mit Hilfe der schmählichsten Methode, die die moderne Wissenschaft entwickelt hat, einer abscheulichen, einer vermaledeiten, einer geradezu menschenunwürdigen Methode, von der die zeitgenössischen Schädel angeschwollen, die Hirne aber zusammengeschrumpft sind, nämlich mit Hilfe der Statistik.

O weh, die Statistik! Die Universität von Bielefeld untersucht auf statistische Weise, welche Menschen die Bücher welcher Menschen lesen; die Universität von Mainz untersucht auf statistische Weise, welche Menschen die Bücher welcher Menschen rezensieren; die Universität von Regensburg untersucht unter der Leitung von Professor G. A. Jeck auf statistische Weise, welche von welchen Menschen gelesenen und welche von welchen Menschen rezensierten Bücher statistischen und welche von welchen Menschen gelesenen Bücher nichtstatistischen Inhalts sind. Man sollte nicht für möglich halten, wie

viele Bücher statistischen Inhalts gelesen und sogar studiert werden, Fahrpläne und Geschäftsbilanzen, Warentests und Versandhauskataloge gar nicht einmal eingerechnet.
Im Unterschied zu diesen menschenverachtenden Wissenschaftlern ist Professor Aldoso noch ein menschenfreundlicher Statistiker, sein Untersuchungsgegenstand ist nicht der Mensch im Verhältnis zum Buch, sondern sein Untersuchungsgegenstand ist der Mensch im Verhältnis zur Sonne. Ja, die Sonne, auch wenn sie nicht mehr das göttliche Wesen der alten Ägypter und nicht mehr die lächelnde Muse der Dichter ist, so ist sie doch eine statistische Untersuchung wert, und Professor Aldoso operierte mit historischen Verzeichnissen und archivierten Zahlenkolonnen, er zog Zeitreihenschemata und Varianzanalysen hinzu, er wertete Meßdaten mit Computerprogrammen aus: der Einfluß der Sonne schien klar hervor, und die Methode Aldosos leuchtete ein.
Aldoso hatte es herausgefunden, und es galt von nun an als erwiesen: die periodische Veränderung der menschlichen Bewußtseinsprozesse und die periodische Veränderung der Sonnenaktivität kovariieren synchron. Wenns auf der Sonne turbulent zugeht, wenn Sonnenfackeln wabern und Protuberanzen ausbrechen, dann rauchts auch in den menschlichen Köpfen auf

der Erde; wenns umgekehrt auf der Sonne ruhig zugeht, wenn nur Sonnenflecken schimmern und die Korona mäßig strahlt, dann verlöschen die Vulkane in den Menschenköpfen.
Als der Hergang bis zu diesem Punkt gediehen war, wurde der kleine Brixius schulpflichtig. Sein bejahender Wortschatz war inzwischen beträchtlich angewachsen, sein verneinender dagegen auf Null zusammengeschrumpft. Professor Suitbert aus Göttingen, gestützt auf die Erkenntnisse Aldosos, behielt die Entwicklung im Auge, aber im Hintergrund blieben auch die Ausleger sichtbar. War nicht schon Hermes, der griechische Urvater der Hermeneutiker, wie ein Nebelstreif durchs Schlüsselloch geschlüpft, um zu sehen, was auf der anderen Seite vor sich ging?
»Die Liebe und die Helligkeit, das Warme und das Runde, schön und gut«, sagten die Hermeneutiker, aber sie fanden das Viereckige auch nicht so verachtenswert, »die Nacht und der Schlaf haben auch ihr Erstrebenswertes, es muß nicht immer Tag sein«, sagten die Hermeneutiker, »und im Wachen träumt es sich viel gefährlicher.« Ja, die Wachträume sind gefährlicher, sie sind abenteuerlich und riskant, sie führen aufs Glatteis und man kann den Hals dabei brechen, weil es Träume mit offenen Augen sind und die lächelnden Chinesen nicht

innen auf den Augendeckeln spazierengehen, sondern tatsächlich aufmarschieren, einer hinter dem anderen, und man sich selbst hinauswagen muß, um ihnen zu begegnen, wie sie daherkommen und mit dem Kopf nicken und man ihnen arglos unter die blauen Bäume und auf die spitzen Brücken folgt, und man gar nicht weiß, wohin das eigentlich führt.

Was ist es nun mit den Träumen? Ist es das gefährliche Unterbewußte, so daß man von der einen Seite hört, diese Schlafträumer seien eine Gefahr für den Wohlstand, oder ist es das gefährliche Bewußte, so daß man von der anderen Seite hört, diese Wachträume seien eine Gefahr für die Sicherheit. Kamen diese Träume nun von innen oder kamen sie von außen, kamen vielleicht die Schlafträume von innen und die Wachträume von außen, kamen sie allesamt von innen, wie es ja immer noch die ominöse Wissenschaft des Jahrhunderts lehrt, und waren sie Schreckensbilder der unbefriedigten Triebe, oder kamen sie inzwischen allesamt längst von draußen aus dem offenen Universum, wie Professor Aldoso es aufgedeckt hatte, und waren nichts anderes als von der Sonnenenergie stimulierte Ausbrüche zurückgestauter Konflikte, so daß auch die scheinbar direkt von innen kommenden Träume erst noch den Umweg über draußen genommen und dann die

verheerenden Wirkungen im Innern ausgelöst hatten, wer konnte das jetzt noch so genau unterscheiden?
Professor Geißenreither und Professor Aldoso waren tief in die Vorgänge verstrickt, o weh, da gab es kein Entrinnen mehr. Beide lauschten den gesprochenen Wörtern, Professor Geißenreither legte sie aus, Professor Aldoso listete sie auf, sowohl die Wörter der Schlafträume als auch die Wörter der Wachträume. Wer hatte was, wo und wann, wie, warum und wozu, auf welche Weise, mit oder zu wem gesprochen? Nun also: der kleine Brixius hatte zweimal »Ja, ja!« gerufen, zu Hause in aller Herrgottsfrühe, über alle Maßen verzückt, und war dabei sogar in die Höhe gehüpft, er hatte es frei von der Leber, ganz allein und zu aller Welt gesagt, und wenn das alles geschehen war, weil es gerade eben auf der Sonne zu brodeln angefangen hatte, dann sah es doch tatsächlich so aus, als wollte der kleine Brixius die Menschen zu einem allgemeinen Aufschwung ermuntern. Als dies bekannt geworden und jeder Zweifel auszuschließen war, bezog es Professor Suitbert als ein unabweisbares Beispiel in sein Göttinger Forschungsprojekt ein.
Von diesem Zeitpunkt an sah man den kleinen Brixius nicht mehr allein. Zu jeder freien Minute war er mit Luise zusammen, einem kleinen

Mädchen aus der ersten Klasse. Tagtäglich waren sie zu sehen, wie sie miteinander hinter den letzten Häusern von Liebergallshaus verschwanden. Sie hielten sich an den Händen gefaßt und hüpften über die Schottersteine, die auf dem Waldweg am Fuß des Gelben Berges liegen. Sie schauten sich unentwegt ins Gesicht, nickten mit den Köpfen und lächelten. Sie spürten die spitzen Steine unter ihren Füßen kein bißchen, so eifrig hüpften sie, und es sah so aus, als berührten sie schon gar nicht mehr die Erde.

Nicht nur der kleine Brixius hüpfte, wie es ja seine Art war und wie es inzwischen jedermann von Liebergallshaus bis nach Göttingen wußte, nein, auch Luise hüpfte, und sie hüpfte so fröhlich, wie man nur hüpfen kann. Sie hüpften beide in den Wald, die Brücke über die Autostraße war ganz spitz, und die Bäume am Fuß des Gelben Berges waren ganz blau geworden, wie auf dem gebastelten chinesischen Panorama.

Immer tiefer hüpfte der kleine Brixius mit Luise in den Wald, und schließlich waren sie gar nicht mehr zu sehen. Aber nicht daß jemand denkt, daß sie nun auf einem Baumstumpf saßen, mit einem Haufen von Vogelfedern zu ihren Füßen, aus denen sie sich hätten richtige Flügel anfertigen können, und mit einem Töpfchen Wachs dabei, damit sie die Flügel auch an ihre Schultern hätten ankleben können, o nein, diese unerhörte Begebenheit ist keine symbolische Geschichte, es gibt keine peinlichen Ähnlichkeiten, auch nicht mit dem griechischen Ikaros, nichts von alledem.

Dieser Aufschwung ging ganz unbemerkt vonstatten, es gab keinen Aufwand, kein Aufsehen, keine Auftritte, es gab keine staunenswerten Szenen, es gab überhaupt nichts zu sehen. Warum nicht? Ganz einfach, die Grammatiker standen schon hinter den Bäumen, dort wo es ganz windstill ist, und warteten auf ihre Gelegenheit.

III

Die Grammatiker sitzen im Unterholz, daran ist nichts zu ändern. Mögen andere sich in Berg und Tal, in den dichtbesiedelten Städten oder auf dem menschenleeren Lande aufhalten, die Hermeneutiker in Landau und die Wissenschaftstheoretiker in Göttingen, so bleibt den Grammatikern nichts anderes übrig, als im Unterholz zu sitzen und Sprachlehre zu treiben. Es ist nämlich das Los der Grammatiker, dort zu sitzen, wo es treibt und sprießt, wo es keimt und rankt, und ihre Anhänglichkeit an die Pflanzenkunde ist allgemein bekannt.

Ja, die Sprachlehre und die Pflanzenkunde, sie beschäftigen sich beide mit Wurzeln und Stämmen, sie treiben Blüten und zeitigen Früchte, und ihr ganzes Denken und Trachten geht nach einer geregelten Ökologie. Wenn der Haushalt geordnet, wenn die Verhältnisse geklärt sind, dann gedeihen die Triebe, und sie entwickeln sich unter Umständen zu Stammformen von beachtlicher Gestalt.

Die Grammatiker misten aus und bereiten nach, und man weiß, sie sind unentwegt am Ausmisten und am Nachbereiten. Sie roden und lichten, sie schlagen Schneisen in die Sprache, und dort, wo es noch nicht zu Windbrüchen gekommen ist wie in James Fenimore Coopers »Wildtöter«, da balancieren sie den Zustand zwischen Kahlschlag und Wildwuchs behutsam aus. Sie pflanzen an und forsten auf, sie ackern und zackern, sie bewirtschaften Schrebergärten und Laubenkolonien. Da pfropfen sie, da okulieren sie an Substantiven und an Adverbien, da stehen sie im grünen Hut, gewissenhafte grammatische Ökonomen, und halten Tuchfühlung mit der Pflanzenkunde.

Die Lesebücher der Schule heißen »Blühende Gärten« und »Ährenfeld«, in ihren Titeln kommt der Heimgarten und das Blumenfeld vor, die Scholle und die reife Flur. Ja, die Grammatiker wissen es ganz genau: wenn sie sich aus dem Unterholz herausbegeben, verlassen sie den ersprießlichen Nährboden, der sie am Leben hält. Der Grammatiker, und insbesondere der Akademische Oberrat Buchecker von der hiesigen Integrierten Gesamtschule, ist von seinem Wesen her ein ganzheitlich interessierter, ja er ist selbst ein integrierender Mensch. Aber hat nicht schon der Marburger Psychologe Jaensch von der Integration als einer Sonnenanpassung gesprochen, hat er nicht den nach außen integrierten, den ganzheitlichen Menschen, diesen einfühlenden I-Typ aus dem sonnigen Süden, von dem nach innen integrierten, dem gespaltenen Menschen, diesen zufühlenden S-Typ aus dem nebligen Norden, voneinander unterschieden und schon vor einem halben Jahrhundert sowohl die extraterrestrischen als auch die innerseelischen Entwicklungen als einen ständigen Wechsel von Integration und Desintegration gesehen?

Herrn Buchecker gefällt diese Theorie von innigster Vereinigung und oberflächlichster Zerstreuung, ihm bereitet diese Berücksichtigung des Klimas, diese Einbeziehung des Wetters ein grammatisches Behagen, und so hat er sich vorgenommen, die Pflanzenphysiologie und die Sprachökologie auf nutzbringende Weise miteinander zu verbinden. Man braucht gar nicht bis nach Göttingen, ja es lohnt sich nicht einmal, bis nach Landau zu gehen, wenn man am eigenen Orte einen Grammatiker von solch einer Integrationskraft wie unseren Herrn Buchecker hat.

Als Herr Buchecker nämlich erfuhr, daß in allernächster Umgebung ein Fall von solch einer grammatischen Brisanz wie der des kleinen Brixius aufgetreten war, da legte er fürsorglich sein Merkheft, in das er die täglich oder auch wöchentlich vorkommenden grammatischen Absonderlichkeiten einschrieb, vor sich auf den Tisch, schlug es auf und blätterte bis zu der Seite, auf der er eine bedenkenswerte Eigentümlichkeit vermerkt hatte. Ein Schüler hatte das Plusquamperfekt auf eine ganz kuriose Weise benutzt, und das war es dem Akademischen Oberrat Buchecker wert, als Notiz in seinem Heft festgehalten zu werden. O ja, darauf würde er noch einmal zurückkommen, das war gewiß.

Neuerlich handelte es sich also bei dem kleinen Brixius nicht mehr allein um die Ineinandertauschung von »ja« und »nein«, von »lieb« und »böse«, von »hell« und »dunkel«, und nicht allein, daß er die »Totenuhr« in den »Schmetterling« und den »Teufelszwirn« in das »Vergißmeinnicht« umgetauft hätte, o nein, seit einiger Zeit bemerkte man bei ihm dieselbe eigentümliche Verwendung des Plusquamperfekts, die Herr Buchecker schon in sein Merkheft aufnotiert hatte, und zwar nicht in besonders abseitigen und ungewöhnlichen Fällen, sondern ausschließlich, geradezu total.

Der kleine Brixius, kaum daß er nach dem Hochhüpfen wieder den Boden berührte, sagte, exzentrisch und bizarr: »Ich war in die Höhe gehüpft gewesen.« Er sagte es mundartlich, wie es noch viel bizarrer und exzentrischer klang, und Herr Buchecker, als ausschließlich hochsprachlich geprägter Grammatiker, vermerkte es als eine korrupte Ausdrucksform.

Eine Weile schien es so, als ob es der kleine Brixius darauf angelegt hätte, nichts als falsche

Plusquamperfekts zu produzieren, absichtlich, um Herrn Buchecker zu ärgern, aber dann wurde es offenbar, daß seine Form der Vergangenheit das Plusquamperfekt geworden war. »Ich hatte Ja gesagt gehabt«, sagte er, als er gefragt wurde, ob er seine Schulaufgaben vor oder nach dem Nachmittagskaffee machen wolle. Er hatte Ja gesagt, er hatte, wie er selbst sagte, Ja gesagt gehabt, aber wollte er seine Schularbeiten nun vor oder nach dem Kaffeetrinken machen?
Wundersames Plusquamperfekt! du lückenlose, unverkürzte Zeit, was bist du voll und ganz vergangen! Ja, du bist mehr als nur vergangen, du bist mehr als nur vollendet, du bist vollendet in der Vergangenheit, ein einst erlangter Zustand, ein längst erreichtes Ziel.
Der kleine Brixius, in seinem mundartlichen Vorvergangenheitsdrang, sprach indessen von kürzlich geschehenen Ereignissen, als seien es lang vergangene, berichtete von eben abgelaufenen Begebnissen, als seien es weit zurückliegende, erzählte von augenblicklich erfolgten Geschehnissen, als seien sie in jenen Zeiten passiert, als die ersten Vögel die Lagune von Solnhofen bevölkerten, als der Meteorit im Nördlinger Ries einschlug und die Riesensaurier in vulkanischen Kratern ertranken.
Ja, war es tatsächlich Triaszeit, hellstes Erdmittelalter, mitten in der trüben Gegenwart? Quoll

nicht aus den Buntsandsteinbecken das rote und gelbe Gefels und türmte sich zu leuchtenden Wänden empor? Stach nicht die Muschelkalksonne auf die gepanzerten Eidechsenschädel und rief ein metallisches Dröhnen hervor? Warf nicht der Kreidesturm blitzenden Staub durch die Luft und entfachte silbernen Glanz?

Herr Buchecker geriet in Verzückung, mit dem kleinen Brixius an der Hand graste er die Fluren ab und streifte er durchs Unterholz, wo immer neue vorvergangene Triebe aus dem humusreichen Untergrund hervorschossen. Sie legten Wortfelder an und übten sich an Wurzeluntersuchungen, und kaum war das erste Jahr vergangen, als plötzlich ein allgemeines ökologisches Sprachgefühl die Liebergallshauser Seelen überkam.

Ja, das war das Entzücken im Plusquamperfekt, das Herrn Buchecker und alle Liebergallshauser mit einem Male befiel, alle sprachen sie von sich selbst als von heiteren Erzählfiguren, jeder war sein eigener Erzähler, aber nicht Thomas Manns raunender Beschwörer des Imperfekts, sondern viel eher integrierender Entbinder des Plusquamperfekts, denn bei so viel triadischer Sonnenaktivität war Bewegenderes in Gang als Historienerfinden und Geschichtenerzählen.

Die Zukunft der ganzen Menschheit stand auf dem Spiel, und Herr Buchecker, der Akademische Oberrat der Gesamtschule, begann, aus der Liebergallshauser Vorvergangenheit die universale Zukunft zu erklären. Das geschehe dank dieses entschiedenen Sprachverhaltens des kleinen Brixius, sagte er, dieser habe ein großes Vorhaben in Lauf gebracht, und er, Cornelius Buchecker, gedenke, dieses Vorhaben zu einem Resultat zu bringen. Herr Buchecker schlug sein Merkheft zu und verschloß es in der inneren Tasche seines Rocks. Das eine ergebe sich aus dem anderen, sagte er mit integrierender Grammatikergebärde, »erzähle mir die Vergangenheit, und ich werde die Zukunft erkennen«, wie Konfuzius, der chinesische Denker aus dem Osten, erklärt habe, und also lausche die Sprachwissenschaft diesem dritten Grade der Vergangenheit.

Aber wie soll man, Johann Georg Hamann, dem Beschwörer aus dem Norden folgend, das Vergangene in dieser unerreichten Vorvergangenheit als die Zukunft lesen? Liegt nicht alles Geschehen, von dem der kleine Brixius berichtet, so weit zurück vor allem anderen Geschehen in der Vergangenheit und ist so voll und ganz abgelaufen, daß gar niemand mehr in diese Vergangenheiten hinabreicht, ja, ist es nicht sogar eine Vergangenheit zuviel, die er heraufruft, wenn er sein Liebergallshauser Plusquamperfekt in den Mund nimmt? Und muß nicht der Erzähler dieser unerhörten Begebenheit fragen, ob alles dieses Geschehen nicht so weit vor allem anderen Geschehen zurückgelegen gehabt hatte oder gar gewesen war, ja, muß er nicht selbst in diese überzähligen Vorvergangenheiten hinabsteigen, muß er nicht hinabgestiegen gewesen sein, um einen Blick voraus in diese schönere Zukunft zu werfen, wo ein ganz anderer Zungenschlag herrscht?

Zu dem Denker aus dem Osten, dem nach außen integrierten ganzheitlichen Konfuzius, gesellte sich der »Magus im Norden« hinzu, der nach innen integrierte, gespaltene Hamann, und Herr Buchecker, der ja das Zufühlende mit dem Einfühlenden grammatisch verknüpft, bezog mit kühner Schlüssigkeit das wechselseitige Durchdringen der Klimate mit dem Entwurf einer Sprache, in der das Plusquamperfekt ganz andere als nur historische, und in der das Futur geradezu esperantische Dimensionen gewinnen sollte.

Herr Buchecker verließ das trächtige Unterholz, setzte sich an seinen Schreibtisch und schlug sein Merkheft auf. Wenn man ihn so sitzen sah, konnte man denken, er betreibe seine ökologische Grammatik mit allzu heftig fliegenden Pulsen, denn jede kleinste Neuigkeit

trieb ihm eine feurigere Röte über die Wangen. Mit ekstatischen Fingern griff er nach dem Stift und schrieb die Präliminarien einer künftigen Grammatik. Er schrieb mit Dauerschreiber. Ja, er schrieb, wie man im Einzugsbereich der Integrierten Gesamtschule sagt, an der Herr Buchecker forscht und lehrt, er schrieb es mit dem Dauerschreiber.
Der kleine Brixius eilte nach Hause, streifte seine Schuhe ab, hängte seine Mütze an den Haken und stieg die Treppe hinauf. Er stieg nicht aus dem Imperfekt hervor als ein historisches Geschöpf, er machte sich auch nicht breit im Perfekt als Großperson der Geschichte, nichts von alledem. Er blieb eine heitere Erzählfigur im Plusquamperfekt. Und als Frau Brixius wissen wollte, warum er so lange draußen im Walde geblieben sei, antwortete er: »Ich war unter einem Baum geblieben gewesen, weil es so viel geregnet gehabt hatte.«
O nein, in seinem Sprechen galten nicht mehr die orthodoxen Vorzeitigkeiten, Gleichzeitigkeiten und Nachzeitigkeiten, so wie sie die grammatische Wissenschaft immer noch gern lehren möchte.
Unterdessen handhabte Herr Buchecker den Dauerschreiber mit fiebriger, mit esperantischer, mit geradezu futuristischer Besessenheit. Dieser Dauerschreiber würde eines Tages die

Vitrine eines Museums schmücken, das war nicht mehr auszuschließen, denn der große Bogen, der aus den vorvorvergangenen Zeiten heraufreicht und sich erst wieder in den zuzukünftigen Zeiten schließen wird: dieser Dauerschreiber des Herrn Buchecker würde es dann gewesen sein und kein anderer, der ihn beschrieben gehabt haben würde, wenn erst einmal das Plusquamperfekt überwunden und das Futur angebrochen sein wird und er nicht verlorengeht in diesen unübersichtlichen Zeiten.

Aus drei Vergangenheiten heraus, über die Gegenwart hinweg in drei Zukünfte hinein wird sich der von Herrn Buchecker beschriebene Bogen spannen, ein bunter Bogen, aus lauter Klangfarben und Bedeutungsschatten gestuft und gefächert, ein grammatischer Spannbogen, ein Regenbogen, der der Sonne genau gegenübersteht.

Es knistern Sonnenfackeln, es krachen Protuberanzen, es stiebt das eruptive Plasma durch die interplanetare Flur: wie glänzt und leuchtet es im Weltraum! wie strahlt und blendet die Korona, daß es Professor Suitbert in Göttingen ganz schwarz vor den Augen wird!

Aber dann regt und meldet sich die Geophysik, es wendet sich die ganze Land- und Wasserfläche um, aber folgerecht und streng kausal, je nachdem wie der Sonnenwind, dieser feine atomare Plasmastrom, die Magnetosphäre der Erde bestreicht, stark oder schwach. Die Kompaßnadel erzittert, die Seismographen erbeben im elektronischen Schauder, die ganze Biosphäre ist eine einzige vibrierende Protonenwolke. Ganz unbemerkt vollziehen sich die hirnelektrischen Prozesse.

Nun gibt es die zunehmende Sonnenaktivität, und es gibt die abnehmende Sonnenaktivität. Die zunehmende Sonnenaktivität führt zum sogenannten Sonnenmaximum, und die abnehmende Sonnenaktivität führt zum sogenannten Sonnenminimum. Kaum brechen die maximalen Sonnenzeiten an, so stürzen sich die Gelehrten sofort in Fragen der Transzendentalphilosophie und der Metaphysik, die Kirchenmänner graben die Theoreme der Scholastik aus, und den einfachen Leuten erscheint die Mutter Gottes oder sonst irgendein Heiliger.

Setzen dagegen die minimalen Sonnenzeiten ein, so wenden sich die Gelehrten sogleich von der Transzendentalphilosophie und der Metaphysik ab und werden zu Positivisten, die Kirchenmänner schließen ihre Scholastikerbücher in die alten Kommoden und wenden sich der inneren Mission und der Krankenpflege zu, und die einfachen Leute nehmen die Heiligenbilder aus den Wechselrahmen, und anstelle von ihnen, bis zur nächsten aktiven Phase, erscheinen

die Köpfe von politischen Menschen in den Rahmen und blicken eine Zeitlang auf die Tische und Stühle der einfachen Leute.
Dieses Sonnenminimum ist das nach dem englischen Astronomen Maunder genannte Maunder-Minimum, und alles deutet darauf hin, daß eine solche Phase protrahierter Minimumbedingungen die grammatischen Untersuchungen des Akademischen Oberrats Cornelius Buchecker begünstigend einleitete.
Herr Buchecker, auf das Göttinger Forschungsprojekt aufmerksam geworden, setzte seinen ganzen Ehrgeiz darein, die phänotypischen Merkmale des zyklisch, scheinbar auf die Minute wiedergekehrten Maunder-Minimums in sein grammatisches Haushaltskonzept einzupassen. Ein einzelner Grammatiker konnte die Wiederkehr des Maunder-Minimums ohnehin nicht verhindern, aber, wie es nun einmal mit dem Grammatiker bestellt ist, er nutzt gern die Gunst der Stunde, wenn erziehungswissenschaftliche Erfolge zu erwarten stehn. Dafür ist er ja schließlich Pädagoge, dem an der Integration nach allen Seiten, und nicht nur nach der grammatischen, gelegen sein muß.
So kam es, daß der kleine Brixius bald zum Mittelpunkt eines allgemeinen wissenschaftlichen Interesses wurde. Zuerst steckten nur die Liebergallshauser Nachbarn ihre Nasen zusam-

men, dann ereiferten sich die Lehrer in hitzigen Pausendebatten, und schließlich wurde der rätselhafte Fall in einberufenen Konferenzen auf Landesebene behandelt. Pilgerzüge von Hermeneutikern bildeten sich, Wallfahrten von Wissenschaftstheoretikern kamen in Gang, endlose Prozessionen von Grammatikern zogen daher, und schon vor Anbruch des nächsten Winters war der Gelbe Berg eine geschäftige Außenstelle der Landesuniversität geworden.

Es kamen Autobusse aus Oldenburg und Göttingen an, und kaum hatten sich die Türen geöffnet, da strömten die Damen und Herren der verschiedenen Institute in die Liebergallshauser Straßen, denn zuallererst ging es ja immer noch darum, mit Hilfe der statistischen Methode soviel absonderliches grammatisches Material wie möglich zu sammeln und aufzulisten.

Die hergeeilten Sternfahrer sprachen Leute auf der Straße an, drangen in Haushalte ein und erkundigten sich in Lebensmittelläden, in Milchgeschäften und in Bäckereien, wo das bizarre Plusquamperfekt an der Quelle zu hören und an der Wurzel zu studieren war. Sie zogen Fragebogen aus ihren Ledermappen und verteilten sie. Bei Kindern im Vorschulalter, die des Lesens und des Schreibens noch unkundig waren, saßen sie geduldig in Sandkästen und auf

Katzenbänkchen und lauschten den vorvergangenen Legendenperioden; bei älteren Leuten, die sich nicht mehr mit dem Lesen und Schreiben beschäftigen wollten, setzten sie sich hinter den Tisch und füllten die Rubriken ihrer Fragebogen eigenhändig mit den vorvergangenen Erzählfiguren. Unwillige, Querköpfige und Bösartige gibt es keine in Liebergallshaus, und so konnten die Statistiker mit jedermann ins Gespräch und zu einer optimalen Erfassungsquote kommen.

Nur Edekahändler Quirin aus der verlängerten Klappergasse trat eines Tages im Herbst unter die Tür seines Ladens, fuhr sich verstört durch sein silbernes Haar, schüttelte dann den Kopf und winkte den kleinen Brixius herbei, der gerade die Straße überquerte. Einer der ortsfremden Grammatiker, der in diesem Augenblick von der Tankstelle her auf die Klappergasse trat, sah die beiden zusammenstehen und miteinander sprechen und hörte, wie der kleine Brixius, brav und gar nicht altklug, zu Herrn Quirin sagte: »Was soll denn das noch geben?«

Der Grammatiker, der auf das Hören von Plusquamperfekten eingestellt war und nicht im mindesten damit rechnete, irgendein entlegenes Futurum zu hören, schrak jämmerlich zusammen. Er hielt einen Moment inne, prüfte mit seinem Fuß die Gehsteigplatten, als drohten sie unter ihm einzustürzen, hob seine Tasche mit den Formularen in die Höhe, öffnete seinen Mund und war im Begriff, ein Wort an den kleinen Brixius zu richten. Dieser aber seinerseits schaute dem Grammatiker in die Augen und sagte: »Ja, ja!« und überquerte die Straße, wobei er zweimal in die Höhe hüpfte.

Nein, der kleine Brixius war von allen diesen Unternehmungen unberührt geblieben. Vormittags, wenn die Teilnehmer der wissenschaftlichen Sternfahrten den Schulunterricht verfolgten, saß er über den Heften und Büchern gebeugt und führte seine Zunge durch das Plusquamperfekt spazieren; und nachmittags, wenn die Sternfahrer durch die benachbarten Viertel schwirrten, saß er vor seinem chinesischen Panorama und bewegte die Figuren durch die Landschaft aus bemalter Pappe. Er stieg mit ihnen über die geschwungenen Brükken hinweg und lief in langen Sätzen unter den Bäumen hin.

Aber was war mit dem Akademischen Oberrat Buchecker geschehen? Ja, schaut euch den Akademischen Oberrat Cornelius Buchecker an, wie er in integrierender Geschäftigkeit seinen Stift benutzt, nicht den Kugelschreiber, dieses unruhige, nach allen Seiten rotierende Schreibgerät, sondern den Dauerschreiber, dieses ewigwährende Instrument der Vorvergangenheiten und der Zukünfte, dieses vierte, unverwundbare Fingerglied.

Es war Maunder-Minimum, das Unterholz schoß zwischen den Stämmen empor, Herr Buchecker rieb sich die Hände, ja, die wissenschaftstheoretische Forschung gedieh bei dieser schwachen Sonnenaktivität. Die statistische Irrtumswahrscheinlichkeit betrug eins zu zehn hoch sechs.

Was doch die Sonne nicht alles vermag! Dieser vertrackte Winkelabstand vom Himmelsäquator, diese verruchte Deklination! Ja, diese Deklination, diese vorhandene, diese bewirkende, diese vermaledeite Deklination, stark oder schwach, je nachdem, wie der atomare Plasmastrom die Magnetosphäre der Erde bestreicht! Die Äolsharfen tönen, die Ätherwellen schwingen, die Sphärenharmonie erklingt: merkwürdigerweise blieb bei aller sonstiger kombinatorischer Produktivität die musikalische völlig unberührt von ihr.

IV

Es folgten diesem aufregenden Herbst ein ruhiger Winter und ein unwissenschaftliches Frühjahr nach. Der Schnee war geschmolzen, das Eis gebrochen; die Erde lag nackt und abgewaschen da. Dann blühte der Krokus schon wieder, Tulpen und Schlüsselblumen standen nicht nach, die Amseln fingen zu flöten und zu bauen an, und als die Pfingstrosen ihre dicken roten Köpfe über die Zäune beugten, rafften sich auch die Grammatiker auf und steckten ihre erhitzten Köpfe in die Notiz- und Tagebücher des letzten Herbstes. Ja, das Eis war gebrochen, und die Dinge nahmen ihren Lauf.

Aber es war ein unwissenschaftliches Frühjahr, die Grammatiker fieberten mehr als daß sie forschten, sie listeten auf und verglichen, sie ordneten an und unterschieden, ihr fieberhafter Eifer ließ ihre Schädel glühen, aber keiner wagte ein Urteil. Schon falteten die Pfingstrosen ihre Blätter auseinander, da hatten die Grammatiker immer noch keine Meinung gebildet, außer Herrn Buchecker, ja Cornelius Buchecker von der hiesigen Integrierten Gesamtschule wagte eine vorsichtige grammatische Prognose, entgegen aller wissenschaftlichen Gepflogenheit.

Die Omnibusse mit den sternfahrenden Grammatikern waren längst nach Göttingen und nach Landau zurückgekehrt; die Göttinger Sprachlehrer bewegten sich wieder zwischen den großfüßigen Göttinger Damen, und die Landauer Sprechlehrer bewegten sich zwischen den großmäuligen pfälzischen Herren, so als hätte es den kleinen Brixius und sein fröhliches Hüpfen gar nicht gegeben. Dr. Zangl gebrauchte seine eisernen Haken und legte die Zacken der Kronen und die Müllplätze der Brücken frei; Dr. Kropf handhabte seine hölzernen Spatel und leuchtete die Tiefen des Schlundes und die Klüfte des Kehlkopfs aus. Dr. Zangl stocherte, und Dr. Kropf leuchtete, aber alles Stochern und alles Leuchten förderte keine neue Erkenntnis zutage, was ja sonst immer der Fall ist, wenn nur gründlich genug gestochert und sorgsam genug durchleuchtet wird; nein, es war nur Herr Buchecker, der sich, vielleicht etwas übereilig und schon kopfscheu geworden, zu einem prognostischen Urteil herbeiließ.

Herr Buchecker fügte nämlich in einem Aufsatz über verdorbene Ausdrucksformen, den er dem regionalen Lehrerverbandsblatt anvertraute, ganz beiläufig die folgende Bemerkung an: »So scheint mir, daß mit der Einschränkung des

Wortschatzes und mit dem Verlust grammatischer Formen eine Schrumpfung des Bewußtseins einhergeht.« Das war nun wirklich eine ganz unpassende Bemerkung, gänzlich unwissenschaftlich und grammatisch nicht haltbar. Gott behüte, kein ernsthafter Grammatiker würde sich zu solch einer abenteuerlichen Vorhersage hinreißen lassen, zumal ja die Arbeit sich erst in einem untersuchenden und noch lange nicht in einem urteilenden Stadium befand.
Herr Buchecker war vom Teufel geritten; er hatte ein paar Beobachtungen gemacht, er hatte eine Handvoll abseitiger grammatischer Realitäten gesammelt, und schon fällte er ein Urteil, in dem das Wort »Schrumpfung« eine nicht einfach mehr vom Tisch zu wischende Rolle spielte. Sollte tatsächlich im Kopf des kleinen Brixius eine Schrumpfung vonstatten gegangen sein, weil er nicht mehr »nein« und nicht mehr »böse«, nicht mehr »dunkel« und vielleicht inzwischen sogar auch nicht mehr »sterben«, weil er lieber »Schmetterling« und »Vergißmeinnicht« als »Totenuhr« und »Teufelszwirn« sagte, oder sollte er nicht mehr »nein« und nicht mehr »böse«, nicht mehr »dunkel« und nicht mehr »sterben« sagen können, weil eine Schrumpfung in seinem Hirn erfolgt war? Herr Buchecker war wohl vom Glauben an einen ver-

nünftigen Gang der Welt durchdrungen, er war wohl ein überzeugter Logiker, möglicherweise ein Anhänger des Kausalitätsgedankens, am Ende ein Parteigänger der Dialektik!
Die Pfingstrosen blühten in diesem Frühjahr länger als sonst, was am Wetter, an den milden Sonnentagen mit sanftem Regen und warmer Luft, an diesen günstigen Einflüssen auf den empfindlichen Pflanzenkörper, was aber auch an jenem Einfluß gemäßigter Sonnenaktivität auf das pflanzliche Bewußtsein liegen mochte. Die Pfingstrose empfängt das Licht der Sonne ja nicht nur zur plumpen Photosynthese, o nein, sie will auch teilhaben am Verwandlungsspiel der grauen Zellen; zwischen dem Grün ihrer Blätter und dem Rot ihrer Blüten waltet ein empfindsamerer Austausch als nur eine komplementäre Wechselseitigkeit, das sollte auch Herr Buchecker wissen.
Auch sie hat Ideen, zeit- und raumübergreifende Pfingstrosenideen, die nur der Einfühlsame begreift, der neben dem Rüttelhaken des Zahnarztes auch die Schautafel des Hermeneutikers, und der neben dem Speichelspatel des Hals-, Nasen-, Ohrenspezialisten auch die Zahlentabellen des Wissenschaftstheoretikers gelten läßt. Die grauen Zellen des Bewußtseins sind die Schlupfwinkel der Ideen, ja, die grauen Zellen! »Wenn du nur von deinen grauen Zellen

Gebrauch machen würdest!« rief schon Hercule Poirot aus, und was dem klugen Detektiv geboten erschien, das darf dem Fachmann aus den linguistischen Disziplinen nicht gleichgültig sein.

Üppig blühten die Pfingstrosen, das muß man sagen, vielleicht machten sie in diesem Frühjahr von ihren grauen Zellen einen besonders wirksamen Gebrauch. Rätselhafte Pfingstrose, wie nimmst du fleißig teil an diesen menscheneigenen Vorgängen! War es nicht der Dichter Eichendorff, der das einsame Blühen von Pfingstrosen in einem alten verlassenen Garten als Folge einer Verzauberung beschrieb? »Denn Vater und Mutter sind lange tot«, sagt er, und er benutzt zu dieser Begründung die kausale Konjunktion, die es zum Beispiel in der Liebergallshauser Sprache des kleinen Brixius gar nicht gibt.

Ist irgend jemand auf den Gedanken gekommen, der kleine Brixius habe vielleicht lieber auf etwas verzichten als auf etwas beharren mögen? Hat nicht vielmehr jedermann darauf bestanden, es hätte eine Anomalie körperlichen oder auch seelischen Ursprungs zu gewissen schwerwiegenden Einschränkungen und Verlusten geführt? Und dabei reichte die angenommene Verhaltenswidrigkeit von der doppelten physischen Mißbildung über die unerklärbare voluntaristi-

sche Auswirkung von innen bis zur erklärbaren fatalistischen Einwirkung von außen.
Der Wille wirkt von innen aus, das Schicksal wirkt von außen ein. Dr. Zangl hatte noch auf einen Zahn, Dr. Kropf schon auf die Stimmritze getippt, aber Professor Geißenreithers Auslegung von innen und Professor Suitberts Einsichten von außen her gaben Herrn Buchecker die Vordersätze für seine grammatischen Schlußfolgerungen zur Hand.
Ja, auch Cornelius Buchecker hing dem Kausalitätsgedanken an, auf andere Weise als Eichendorff zwar, aber seine Schlüsse von der Grammatik auf das Bewußtsein waren von der Mathematik und nicht von der Moral geprägt und entbehrten jeder Wissenschaftlichkeit. Wer darf behaupten, daß in der Sprache die Menge regiert und nicht die Güte?
Nach Herrn Bucheckers grammatikalischer Kausalität gab es auf der einen, der verzichtenden Seite, die Schrumpfung, und auf der anderen, der beharrenden Seite, gab es die Blähung. Herr Buchecker war der festen Überzeugung, daß, wo verzichtet wird, etwas zusammenschrumpft, und daß, wo beharrt wird, sich etwas aufbläht. Er glaubte so unerschütterlich an diese ursächliche Wechselwirkung von verzichtendem Schrumpfen und beharrendem Blähen, ohne je zu bedenken, wie sehr, allerdings in au-

ßergrammatischen Bereichen, ein starrköpfiges Beharren zu beträchtlichen Schrumpfungen, und wie sehr leichtsinnige Verzichte zu folgenschweren Blähungen führen können.
Gleichviel, er tat so, als walte zwischen diesen endogenen, unerklärlichen Auswirkungen und diesen exogenen, erklärbaren Einwirkungen das pneumatische Wechselspiel von Schrumpfen und Blähen, gewissermaßen eine Arroganz, eine törichte Aufgeblasenheit der Luft. So weit kann nur ein Grammatiker gehen; den Zahnärzten und Hals-, Nasen-, Ohrenspezialisten, den Hermeneutikern und Wissenschaftstheoretikern tritt dabei der Schweiß auf die Stirn. Sie stehen da, jeder wie es sich für ihn gehört, Dr. Zangl in seinem Vampirkittel und Dr. Kropf in seinem Röhrenrock, Professor Geißenreither in Landau und Dr. Suitbert in Göttingen, jeder für sich, aber auf ihren Stirnen allen steht der Schweiß. Es ist der Schweiß der interdisziplinären Berührungsängste: oh, wie fürchten sie sich vor der allumfassenden Deutung, vor der kompletten Erklärung der Welt; und was die Luft betrifft, der Luft darf nicht mehr Einfluß zugestanden werden als sie auf die Bildung der Leute nimmt, wenn sie über die Zunge und den Gaumen streicht.
In diesem Frühjahr mochte der kleine Brixius noch nicht einmal mehr gewisse unentschie-

dene Wörter über die Lippen bringen, Wörter, die weder Fisch noch Fleisch sind, wetterwendische Wörter, Sphinxe und Chamäleons, Wörter, mit denen man im Dunkeln tappt. Er sagte nicht mehr »nett« und sagte nicht mehr »grau«, er sagte nicht mehr »halb« und sagte nicht mehr »bald«; ja, wenn er nicht geradewegs »schön« oder »weiß« sagen konnte, dann schwieg er lieber und hüpfte über die Straße, so leicht und so vogelgleich, als fliege er. Das war nun ganz deutlich zu sehen, und aus den Fenstern beugten sich die Nachbarn. Etliche hoben hinter den geschlossenen Scheiben die Vorhänge in die Höhe, andere traten auf die Straße, um dieses Hüpfen zu sehen, das Professor Geißenreither schon als eine Erhebung ausgelegt hatte und damit der Wahrheit am allernächsten gekommen war.

Der kleine Brixius hüpfte von der Straße über die Türschwelle, mitten in die Stube hinein. Draußen auf der Diele warf der Regenschirm seine chinesischen Figuren auf die Steinplatten, drinnen im Zimmer spiegelte das Bilderglas seine bunte Personnage auf Tische und Kommoden. Die Platten glänzten, die Kommoden blinkten, der kleine Brixius kramte in seiner Spielzeugkiste und zog das selbstgebastelte chinesische Panorama hervor. Behutsam, und doch mit flinken Fingerspitzen, faltete er das

Panorama aus bemalter Pappe auseinander und stellte es vor sich auf den Tisch.
Ist es nicht das große Rollbild aus der Sammlung von Taiwan? Ist es nicht das Bild des Hsia Kuei, worauf es Felsen im Vordergrund und Berge im Hintergrund und zwischen den Bergen und Felsen eine weite Landschaft mit Bäumen und Flüssen, mit Tempeln und Brücken gibt?
Der kleine Brixius sitzt vor dem Panorama und schaut in die Waldwinkel; er betrachtet die Pavillons auf den Felsnasen und die Treppen an den Stützmauern; er beobachtet, wie die kleinen Chinesen mit langen Gewändern und spitzen Hüten über die Brücken steigen, wie sie im Gespräch beieinanderstehen und dann wieder Ochsen am Joch oder Affen an der Leine führen; er blickt auf glatte Tempelterrassen, wo Damen beim Brettspiel, und auf schrunnige Baumwurzeln, wo Vögel sich niedergelassen haben, Amseln und Regenpfeifer, die Strohhalme zwischen den Schnäbeln und Goldfäden im Gefieder tragen.
Und dann auf einmal spaziert er selbst an den Hängen entlang und über die Höhen hinweg, rastet an einer Hütte und trinkt aus einer Schale, steigt in ein Boot und überquert den See, wandert am Flußufer entlang und klettert über eine Bambusbrücke. Jetzt wandert er unter einem chinesischen Gedicht, just unter den Ver-

sen, die von einem Kranich erzählen, der sich im Schneetreiben verirrt hat und nicht mehr in seinen Käfig zurückfindet.
Aber es ist gar kein Schnee gefallen, es sieht nur so aus, obwohl die ganze Landschaft über und über mit einem silbernen Schleier bezogen ist. So zieht der kleine Brixius mit dem Kranich über die silbernen Berge und streift mit ihm durch die silbernen Täler; und Berge und Täler, Ströme und Felsen, Tempel und Treppen sind hingegossen im Mondlicht und feingestochen in der Sonne, und sind, wenn man ganz genau hinsieht, nur schwarze und weiße Löcher, mit Feder und Pinsel auf chinesische Weise hingetuscht.
Nun weiß man seit der quantenmechanischen Erklärung der Welt, daß es mit den schwarzen und weißen Löchern etwas Besonderes auf sich hat und die Zärtlichkeit der ideogrammatischen chinesischen Erklärung vor der Grobschlächtigkeit der grammatischen quantenmechanischen Erklärung keinen Bestand haben kann: die schwarzen Löcher sind nämlich die Gräber, und die weißen Löcher sind dementsprechend die Wiegen aller Sonnensysteme.
Der englische Astrophysiker Steven Hawking aus Cambridge, der dieser widerspruchsfreien, aber illusionistischen Schwarzweiß-Theorie nicht gefolgt ist, sagt allerdings ganz im Gegen-

satz zu dieser platten Schulmeinung, die schwarzen Löcher, als Gräber aller Sonnen, seien weiß, und die weißen Löcher, als Wiegen aller Sonnen, seien schwarz, eine Theorie, die entschieden der Realität verpflichtet ist und sich von offenkundigen, weithin sichtbaren Entsprechungen ableitet.
Wenn nun aber schwarze Löcher als Gräber der Sonnen weiß und weiße Löcher als Wiegen der Sonnen schwarz sind, dann sind schwarze Löcher nicht nur weiß und weiße Löcher nicht nur schwarz, sondern die Gräber sind zugleich Wiegen und die Wiegen sind Gräber, und die schwarzen Löcher nehmen am Ende doch die schwarze, die weißen Löcher die weiße Farbe an, und die widerspruchsfreie quantenmechanische Welterklärung ist zugleich illusionistisch und auf Tatsachen gegründet, eine komplette Erklärung, vor der die interdisziplinären Kolloquiumsteilnehmer immer noch zittern und sich den Schweiß von den Stirnen wischen.
Der kleine Brixius, an der Seite des Kranichs, springt über die schwarzen und die weißen Löcher, der Kranich macht es ihm vor: wie in Brehms Tierleben kommt er gravitätisch seines Weges daher, mit leichten, zierlichen, abgemessen Schritten, ruhig und würdevoll nickt er mit dem Kopf, und wenn er sich vom Boden erhebt, dann hüpft er mühelos zweimal, dreimal in die

Höhe, und mit kräftigen Flügelschlägen gewinnt er die Luft.

Was ist der Kranich für ein Vogel? Er ist nicht nur der kluge Gesellschafter aus dem Käfig des chinesischen Dichters, er ist auch der Lehrmeister des kleinen Brixius am Fuß des Gelben Berges, und ist er nicht auch ein Sternbild am südlichen Himmel, wo wir von hier aus gar nicht hinsehen können? Und erst die Kraniche des Ibykus! Sind sie nicht die Boten des Frevels, die Sendlinge der Sühne, die Kuriere der Wahrheit, sind sie nicht geflügelte Aufsatzthemen und gespornte Herolde in einem griechischen Theaterstück?

Ja, es war ein verpfuschtes, unwissenschaftliches Frühjahr, niemand kümmerte sich um die schwarzen und die weißen Löcher, aus den Gräbern der Sonnensysteme stieg der extraterrestrische Atem, und in den Wiegen dehnte sich sein heftiges Strahlen aus, aber es war weit und breit kein Professor Suitbert zu sehen, der sich der Deutung dieser Erscheinungen hätte annehmen mögen: und so geriet der grammatische Wildwuchs des kleinen Brixius völlig außer Kontrolle. Stundenlang verschwand er in seinem chinesischen Panorama, wechselte und tauschte die Wörter, sprach mit dem gedichteten Kranich und knüpfte Beziehungen mit den getuschten Chinesen an.

Jedermann sitzt auf dem Boden, die Beine langgestreckt, und wippt mit seinem unerlösten Oberkörper, damit die Finger- und die Zehenspitzen, vielleicht nur für den Hauch eines Augenblicks, zusammenfinden im Schnittpunkt von Yin und Yang. Aber es gibt Menschen, die nie in ihrem Leben eine Zehe mit ihrer Nase in Berührung gebracht haben, und doch ist es in ihren Gehirnen nicht steif geworden, und es gibt immerzu jenen elektrischen Zusammenprall der Nervenenden, auf den allein es ankommt. Und so könnte man das Unterfangen des kleinen Brixius, das nur aus der Ferne besehen nach einer zahntechnischen oder einer laryngalen, einer hermeneutischen oder wissenschaftstheoretischen Behandlung verlangt, viel eher ein chinesisches Unterfangen nennen.

Das Chinesische am Gelben Berg bei Liebergallshaus ist etwas Gelbes, was nicht schwer zu erraten ist, und zwar etwas Gelbes, so wie Goethe das Gelbe verstand, als er seine Farbenlehre schuf, was ja auch ein chinesisches Unterfangen und ein Ineinandertauschen von Innen und Außen war, indem er sagte, die Farben seien Taten des Lichts, Taten und Leiden des Lichts aus den weißen und den schwarzen Löchern, die die Wiegen und Gräber der Sonnensysteme sind.

Das Gelbe hat dabei nichts mit dem Chinesischen zu tun, sondern rührt von der wasserhaltigen Luft her, die zwischen dem Licht und dem Betrachter schwebt, und wird immer röter und schließlich zur Morgen- und Abendröte, je mehr Wasser in die Luft gerät. Das Wasser in der Luft ist es, das die Farben erzeugt, der Mensch sieht mal rot und mal sieht er grün, einmal ist alles ganz rosa anzusehn und ein andermal ist die ganze Welt rabenschwarz. Ja, die ganze Verdunkelung geschehe durch die Medien, sagt Goethe, und da kann man wahrhaftig nicht widersprechen.

Ist Ole Luk-Oie ein Chinese? Ole Luk-Oie aus dem Märchen spannt seinen Schirm auf, einen Schirm mit lauter bunten Bildern wie auf dem chinesischen Panorama, und der kleine Brixius schaut in den Schirm hinein, und was er tagsüber mit offenen Augen gesehen hat, das sieht er nun die ganze Nacht hindurch mit geschlossenen Augen im Traum. Der Kranich fliegt aus dem papiernen Panorama schnurstracks in den Traum des kleinen Brixius, und so wie Ole Luk-Oie mit seiner Zauberspritze die Vögel in dem großen Gemälde über der Kommode berührt und sie zum Singen ermuntert hat, so erweckt er jetzt das Panorama zum nächtlichen Leben, und der Kranich fliegt mit dem kleinen Brixius über Flüsse und Seen hinweg, an Tempeln und Terrassen vorbei, ohne daß es einer besonderen Mühe bedarf, kräftiger mit den Flügeln zu schlagen oder heftiger mit den Armen zu rudern als sonst auch.

Aber Ole Luk-Oie ist ja nur ein Geselle des Traums. Morgens in aller Frühe, wenn draußen im Garten die Amseln zu flöten beginnen, dann rühren sich die gemalten Vögel in dem Gemälde nicht mehr von der Stelle, es ist hell im Zimmer vor lauter Sonnenlicht, und auch die Figuren in Ole Luk-Oies Zauberschirm sind brav und blaß geworden und schlagen nicht mehr Purzelbaum.

Und doch, was allen, die um den kleinen Brixius herum lebten, Vater und Mutter, Nachbarn und Schulkinder, und was auch den Fachleuten entging: es gab etwas wirklich Chinesisches in diesen quantenmechanischen und farbentheoretischen Erklärungen, in den Pfingstrosenideen und in den Kunststücken Ole Luk-Oies: keine Verwandlung im Berühren von Nasen- und Zehenspitzen, kein neues Leben durch Yoga, keine Erlösung in der Akupunktur, o nein, keine Arm- und Bein- und keine Muskelfertigkeiten, das Chinesische war ein ganz unsichtbarer Vorgang, es war ein Wandel im Kopf, der ohne Körperdehnungen und ohne den Gebrauch von Gerätschaften vonstatten ging: Metamorphosen der Zirbeldrüse, Entpuppungen des verlängerten Marks, Umschwünge der grauen Zellen. War es nicht der chinesische Philosoph Konfuzius, der auf die Frage seines Schülers Dsi Lu: »Was würden Sie zuerst vorkehren, wenn Ihnen die gesamte Macht über die Menschen verliehen würde?« geantwortet hat: »Ich würde die genaue Bedeutung der Wörter feststellen lassen!« und war es nicht ein chinesischer Kaiser, der die Menschen ändern wollte, indem er die Sprache veränderte?

Oh, wie ist es kunterbunt zugegangen in diesem unwissenschaftlichen, hirnverbrannten Frühjahr! Kein Wunder, daß Herr Buchecker, der ortseingesessene Grammatiker, von einer Schrumpfung des Bewußtseins gesprochen hatte, wo es doch eher um eine Blähung der grauen Zellen gegangen war, daß er die Maus aus dem kreißenden Berg für etwas Kleines gehalten hatte, weil er den aufgeblasenen Ochsenfrosch für etwas Großes hält. O nein, dieses unwissenschaftliche Frühjahr förderte nichts zutage als rätselhafte Pfingstrosenideen.

Als nämlich der Juni sich seinem Ende zuneigte und die breiten roten Blätter, weit abgespreizt vom Blütenkorb, nur noch lose am Stengel hingen und jeden Augenblick ins Gras zu fallen drohten, da war ihre Idee längst in die Poesie übergegangen, genau gesagt, in ein Gedicht, das in einer kausalen Konjunktion, und zwar nebenordnend das vergessene Blühen von Pfingstrosen begründet. »Die müssen verzau-

bert sein«, heißt es da, »denn Vater und Mutter sind lange tot, was blühn sie hier so allein?« Bei so viel Unverstand und Aberwitz halte mal jemand die Wissenschaft hoch!
Trotzdem, über die Köpfe der Fachleute hinweg, war diese unvorhergesehene Erklärung, die in der Liebergallshauser Sprache des kleinen Brixius anstatt des nebenordnenden »denn« durch das unterordnende »weil« eine plausiblere Kausalität gewinnt, ein Schritt aus der Dunkelheit in die Klarheit: so wie nämlich der Wille von innen aus- und das Schicksal von außen einwirkt, so ist diese Verzauberung die innere Auswirkung von außen einwirkender Entzauberung, quasi die endogene moralische Reaktion auf einen exogenen schicksalhaften Reiz, der womöglich extraterrestrischen Ursprungs und eine unabwendbare Gewalt ist, die die ganze Moral des Menschen herausfordert, diesem Naturereignis nicht mit rationalem Schlendrian zu begegnen, was ja noch lange kein Anlaß ist, aus der Exegese von Pfingstrosenideen den Schluß zu ziehen, die Dunkelheit sei um so klarer, je dunkler die Erklärung ist.
Bei aller Fieberhaftigkeit der Grammatiker, und insbesondere der eifernden Fieberhaftigkeit des Cornelius Buchecker, kam der interdisziplinäre Schweiß auf den Stirnen der Fachspezialisten nicht zum Trocknen. Der kleine Bri-

xius hatte nämlich, am Ende dieses Frühjahrs, bei seinem Sprechen nicht nur ein paar Wörter gemieden und hartnäckig auf der Grammatik seines Liebergallshauser Satzbaues bestanden, sondern er hatte eine ganz neue Sprache herausgebildet und damit eine Lage geschaffen, in der die amerikanische Grammatikerin Gertrude Stein schon zu ihrer Zeit ausgerufen hatte: »Grammatik ist so enttäuscht ist nicht wie Grammatik ist so enttäuscht. Grammatik ist nicht wie Grammatik ist so enttäuscht.«

V

Es kam der Sommer, die Pfingstrosen warfen ihre Blätter ab. Es kam der Herbst, der Kranich fieberte nach der Landenge von Korinth, schon im September. Niemand erwartete eine rasche Wiederaufnahme wissenschaftlicher Arbeit nach soviel botanischer und zoologischer Poesie, oder gar eine sensationelle Wendung in eine ganz andere Richtung, als plötzlich, kurz vor Sylvesterabend, eine neue Situation eintrat. Es war nichts Aufsehenerregendes, aber eine Erscheinung, die zuerst nur bei dem kleinen Brixius und einigen Personen in seiner Umgebung aufgetreten war, wurde mit einem Mal in allen Himmelsrichtungen sichtbar.

Erklärlicherweise war es Professor Geißenreither, der es zuerst bemerkte. Und es war folgendes: die grammatischen Eigentümlichkeiten des kleinen Brixius, die zunächst nur einige wenige Verwandte und Bekannte aus der Nachbarschaft angenommen hatten, breiteten sich mit einem Schlag in einer dermaßen sich beschleunigenden Vervielfältigung aus, daß es keine Möglichkeit mehr zu geben schien, diese Entwicklung zu bremsen. Der Sylversterabend brach an, und mit ihm die antidialektische Herrschaft der Liebergallshauser.

Es ist nicht möglich, in einer Fußnote zu erklären, warum das gleiche für sie das gleiche ist wie dasselbe, oder, in ihrer Sprache ausgedrückt, das gleiche dasselbe wie dasselbe. Da nämlich das Wort »das gleiche« in ihrer Sprache nicht vorkommt, ist jede Ähnlichkeit immer Identität und in einem mit sich selbst übereinstimmenden Kern eingeschlossen, der, einmal aufgesprengt, lauter Einerleiheiten, lauter Dieselbigkeiten entläßt.

Diese Sprache ist nicht die Sprache des Leibniz aus Sachsen, der behauptet hat, es gäbe in der Welt keine zwei identischen Dinge. Nein, dieses ist die Sprache des Nikolaus Cusanus von der Mosel, der die Gegensätze zusammenfallen und sie in Gleichheit, in Brüderlichkeit, ja in einer ganz neuen Freiheit diesem einen und selben Kern entwachsen läßt, ja, eine Sprache, die keinen ausgeschlossenen Dritten kennt und eine andere Vorstellung vom Widerspruch ausdrückt als diese zweiwertige Logik, die in den schweißtreibenden interdisziplinären Kolloquien herrscht.

Nein, die Sprache des kleinen Brixius läßt keinen Widerspruch zu, sie schließt aber auch keinen Dritten aus. Der kleine Brixius sagt: »Ich trage dieselbe Mütze wie mein Vater«, und tatsächlich. Vater und Sohn tragen zur selben Zeit und am selben Orte dieselbe Mütze; nicht, daß es sich um die gleiche Mütze handeln würde, das heißt, um zwei Mützen, die einander wie ein Ei dem anderen gleichen, von denen jeder eine auf seinem Kopfe trägt; auch nicht um eine Mütze, die zuerst der Vater und dann der Sohn, oder zuerst der Sohn und dann der Vater trägt, sondern um eine und dieselbe Mütze, die sich zugleich auf dem Kopf des kleinen Brixius und auf dem seines Vaters befindet, »dieselb Kapp«, wie der kleine Brixius sagt, »uff zwei Käpp«. Wie ist das möglich, wie trägt sich das zu, ohne eine sophistische Spitzfindigkeit oder eine scholastische Haarspalterei zu sein?

Ja, die Liebergallshauser Anschauungs- und Einbildungskraft ist keine trügerische Rabulistik, da läuft nicht ein Vater mit seinem Sohn herum und beide tragen sie eine übergroße Mütze auf ihren aneinandergeschmiegten Köpfen und sehen aus wie ein siamesisches Zwillingspaar im Fastnachstumzug und rufen: »Dieselb Kapp uff zwei Käpp!«

O nein, es ist die Dynamik in der Ähnlichkeit, der Antrieb, das Ungestüm, das in allem, was ähnlich ist, stürmisch und unbändig wirkt, identisch zu werden, es ist etwas Elektrisierendes, etwas Eruptives, etwas Explosives in der Ähnlichkeit, das so unaufhaltsam nach der

Identität strebt, daß die Ähnlichkeit nicht lange anhält und auf die Dauer nicht immer nur Ähnlichkeit bleibt.

Es blitzt und kracht vor den Fenstern und über den Dächern. Herr Brixius steht am Küchenfenster, er hat seine Familie unter der Liebergallshauser Kappe versammelt. Wer möchte da nicht auch unter dieser Kappe, ja, wer möchte nicht unter einer und derselben Schneppe, diesem schnabelförmigen Liebergallshauser Mützenschirm, für alle Zeiten geborgen sein!

Über dem Gelben Berg steigen jetzt Leuchtraketen und Feuerfontänen auf, eine violette Magnesiumtraube fällt hinter die Tannen und zerplatzt mit grellem Sprüheffekt. »Ha!« und »Ho!« schallt es aus den Nachbarfenstern, der kleine Brixius wirft die Arme in die Luft, in der die Rufe zusammenstoßen und sich miteinander vermischen.

Eine zweite Fontäne erhebt sich hinter dem Wald, dann eine dritte, eine vierte, und nun ist auf einmal der ganze Himmel ein Göttinger Forschungsprojekt. Es leuchtet über dem Gelben Berg, fahl und chinesisch, und fast hört es sich so an, als seien in die Jubelrufe extraterrestrische Schreckensschreie eingemischt.

Unaufhörlich steigen die Sylvesterraketen in die Luft, und obwohl sie allesamt verglühen, ruft der kleine Brixius: »Immer dieselben!« Die

Liebergallshauser Raketen zischen wie heftige Federstriche, alles ist nicht nur gleich, sondern eins und dasselbe. So ist es auch nicht möglich, nur in einer Fußnote zu erwähnen, wie sehr dieser Liebergallshauser Drang zur Identität bereits schon zu einer festen räumlichen Bestimmung geworden und nicht mehr nur zielgerichtete Bewegung ist.

Der kleine Brixius stößt das Küchenfenster weit auf, daß die Scheiben klirren. Unten auf der Straße gehen Männer mit Hüten und Frauen mit Regenschirmen vorüber, aber die Männer tragen die Hüte in der Hand, und die Frauen benutzen die zusammengeklappten Schirme als Spazierstöcke und stoßen sie schrittweise vor sich auf das Liebergallshauser Pflaster. Es ist eine trockene Nacht, ein Glück für das Raketenpulver.

Aber wenn die Männer wüßten, was geschehen würde, wenn sie ihre Hüte auf den Kopf setzten, und erst, wenn die Frauen wüßten, was geschehen würde, wenn sie ihre Schirme aufspannten! Aus den Hüten würden Kappen und aus den Regenschirmen chinesische Horizonte und Himmel werden, an denen Kraniche vorbeifliegen. Die Männer und die Frauen heben ihre Köpfe in die Höhe, wo der kleine Brixius die Fensterscheiben klirren läßt wie Kranichflügel. Es ist eine hellhörige Neujahrsnacht, und der kleine Brixius ruft: »Kommt alle bei uns!«

Ja, der kleine Brixius und alle Liebergallshauser sagen: »Komm bei mich«, und sie zeigen damit an, daß sie längst nicht mehr außer sich sind wie viele Nachbarn und Fremde ringsum, sondern daß sie bei sich selbst und in sich selbst versammelt sind, und sie brauchen nicht mehr zu sich zu kommen. So nehmen sie Anteil am Entsetzen und an der Entgeisterung ihrer Nächsten, reden ihrem Kleinmut und ihrer Verzagtheit zu und sagen nicht nur: »Komm bei mich«, sondern sagen, aufmunternd und vielverheißend: »Komm bei dich.«

Dieses menschenfreundliche Beisichsein der Liebergallshauser entspricht ganz der grammatischen Vollendetheit ihres Plusquamperfekts und dieser eigentümlichen Vollkommenheit ihres Futurums, das im Grunde ja gar kein Futurum, sondern ein tätiges Präsens, ja, darbietende, hinreichende, gewährende, schenkende Gegenwärtigkeit ist. Es fehlt die Leideform in ihrer Sprache, es häufen sich die Bindewörter, »geben« steht statt »werden«, und der kleine Brixius, der in diesem Augenblick den schmalen, blassen Schein über den gezackten Tannenrücken des Gelben Berges heraufziehen sieht, zupft seinen Vater am Rockzipfel und sagt: »Es gibt schon hell.«

Mit einem Mal dreht sich das Rad der Neujahrssonne über den Horizont und rollt, rotglühend und heiß, mitten im Raum. O weh, die zeitliche Aufeinanderfolge ist unterbrochen, vielleicht sogar aufgehoben, und jetzt herrscht nur noch die bedrohliche Anwesenheit des Raums. Heftig rotiert die metallische Sonne, sie rasselt und knirscht, ihre Reibung am winterlichen Horizont läßt Funken sprühen und erzeugt jene interplanetarische Wärme, über die Professor Suitbert aus Göttingen so aufsehenerregend spekuliert hat.

Es wabert und loht, und die Sonnenfackeln erleuchten den Gelbenbergerwald bis ins Brombeergestrüpp über den Wurzeln der Bäume, wo sonst die Grammatiker sitzen, ausmisten, kappen, okulieren und auf ihre ökologische Weise Sprachlehre treiben. Auch Herr Dr. Zangl hat es mit den Wurzeln zu tun, aber in einer Neujahrsnacht bleiben seine Haken und Ösen in den Schubladen seines Instrumentenschrankes eingeschlossen, und er braucht sich nicht in zu komplizierten Wurzelbehandlungen zu erschöpfen. Aber wenn er wüßte, was in dieser Neujahrsnacht vor sich gegangen ist, er würde seine Geräte nicht ruhig in der Schublade schlummern lassen.

Und erst Herr Dr. Kropf! Dr. Kropf, der mit seinem Czermakschen Spiegel die Wurzel des

Übels ergründen wollte, ein Übel, das am Ende gar kein Übel, sondern ein Segen sein wird, auch er weiß nicht, was in einer Neujahrsnacht wie dieser durch den Äther zieht und so belebend über die Stimmritze streicht. Aber Herr Brixius lüftet seine Liebergallshauser Kappe, löst den Knoten seines Wollschals, knöpft den Umschlag seines Mantels auf und sagt: »Ja, heute gibt es ein schöner Tag.«
Was ist das für eine Sprache, in der das Werden und Geben und das Vergehen kein Verweigern ist? Es würde nicht Wunder nehmen, wenn dieses Geben ein neues Werden, wenn diesem Binden ein neues Lösen folgen würde. Sollte der Mensch tatsächlich unter der verborgenen Stimulation extraterrestrischer Herkunft stehen, ja, sollte diese solare Stimulation jetzt erst als geheimer Schrittmacher der gesamten Evolution erkennbar geworden sein? Auf der einen Seite erfolgen die kosmischen Reize, und auf der anderen Seite erfolgen die irdischen Reaktionen: auf der einen Seite wirkt die Kraft der Natur, und auf der anderen Seite wirkt der menschliche Geist. Aber wo ist das fehlende Zwischenglied? Ja, das Zwischenglied, immer ist es ein Zwischenglied, das dem Kausalnexus abhanden gekommen ist.
Geheimnisvolles Zwischenglied zwischen Ursache und Wirkung, du rätselhafte Verschlin-

gung, du kryptisches Zusammenspiel! Wenn der Mensch sich nur selbst in diese Kette hineinschlingen könnte. Wie weit hätte er es gebracht, wenn er sich in diese kausale Kette hineinschlingen könnte, er brauchte nicht länger nach dem Zwischenglied zu suchen.

Nein, Fußnoten und Anmerkungen genügten nicht, den Knoten zu entwirren, es mußte weitergeforscht und tiefer aufgeschlungen werden als bisher. Das neue Jahr begann mit der Suche nach dem Zwischenglied, und Professor Geißenreither in seiner hermeneutischen Sicherheit war ganz fest davon überzeugt, daß mit dem Zwischenglied auch die Ursache dieser grammatischen Sprachexplosion gefunden sein würde.

Die Spezialisten des geophysikalischen Instituts knüpften am Netz ihrer Observatorien, die Fachleute des meteorologischen Instituts tüftelten an den Meßinstrumenten ihres Wettersatelliten: jetzt sollten diese vermaledeiten solaren Stimulusgrößen und diese verteufelten kosmischen Strahlungsparameter keine Gelegenheit mehr haben, versteckt im Universum ihr Unwesen zu treiben. Vielleicht aber war das Zwischenglied bei der Beobachtung des intrazellulären Molekulargeschehens im Kerne der Neuronen zu finden, und der kleine Brixius schon hineingeschlungen in diese seine eigene Nervenbahn?

Der Neujahrstag kam mit klarem, hellblauem Himmel. Die Sonne stieg eine Handbreit über den Gelbenbergerwald, der Wettersatellit flog über Europa und fotografierte Liebergallshaus. Von überallher trafen die Neujahrsgrüße ein, und fast ausnahmslos besaßen sie die grammatischen Merkmale der neuen Liebergallshauser Sprache. Von Landau und von Göttingen, von Fleestedt im Seevetal und aus der Liebigstraße in München kamen Postkarten an, auf denen es unzweideutig hieß: »Dieses gibt ein gutes Jahr!«, und einige waren sogar so weit gegangen, daß sie geschrieben hatten: »Dieses Jahr gibt gut!«, woraus folgerichtig sowohl die sprunghaft sich vervielfältigende Verbreitung der Liebergallshauser Sprache als auch die Tatsache eines entscheidenden Aktionswechsels hervorging.

Das anbrechende neue Jahr würde nicht allein in seiner Eigenschaft ein gutes, ein verheißungsvolles, ein vielversprechendes Jahr werden, sondern es selbst würde als dieses gute Jahr die Tätigkeit des Gebens annehmen und zum Spender irgendeiner noch unbekannten, noch unaussprechlichen Gabe werden.

Aber hatten die Seevetaler Fleestedter und die Münchner aus der Liebigstraße nicht längst schon Liebergallshauser Bewußtsein gebildet? Waren sie durch ihre Berührung mit den Liebergallshausern nicht hinlänglich vorbereitet, die Eigentümlichkeiten dieser neuen Sprache erleichtert aufzunehmen? Sie übten sich seit langem schon an der Liebergallshauser Aussprache, mieden die Genetive, ahmten den ausgebildeten Plusquamperfekt nach, riefen waghalsig durch falsche Präpositionen falsche Kausalitäten hervor und irritierten ihre Mitmenschen in den fremden Umgebungen des Seevetals und der zentralbayrischen Niederung mit positivem Vokabular.

Ein Mensch aus der Liebigstraße fiel einem Liebergallshauser um den Hals und sagte: »Oh, wie gern war ich für unter der Kappe ihre Schneppe bei Dich gekommen gewesen!«, und unversehens waren Ursache und Wirkung ineinander vertauscht, Zeiten und Räume aufgehoben, und es zählte nur noch das gemeinsame Zusammensein unter der Liebergallshauser Schneppenkappe.

Es ist vorgekommen, daß ein Fleestedter, in gutem Liebergallshauser Sprachgebrauch, noch nach Mittag, aber immer noch vor dem Mittagessen, »Guten Morgen« sagte, und die Seevetaler in ihrer zeitverschwendenden Geschäftigkeit zum ersten Mal in ihrem Leben inne wurden, daß damit der ganze Tag gerettet und bis zum Abend ein langer Morgen geblieben war.

Und wenig später äußerte sich der Münchner

aus der Liebigstraße, der seit Jahren im Begriff steht, seinem Leben mit eigener Hand ein Ende zu setzen, in Liebergallshauser Sprache, und er sagte nicht, er wolle sich das Leben nehmen, sondern er sagte: »Ich hole mir das Leben«, so daß er, wenn er sich das Leben würde genommen und dafür den Tod würde gegeben haben, getrost sagen könnte: »Ich habe mir das Leben geholt«, was dann auch tatsächlich eintraf: er fand den Tod, indem er sich das Leben holte, aber mit dem auf Liebergallshauser Weise geholten Leben ist ja der gefundene Tod zu einem gutvertrauten Lebensbegleiter geworden, an dessen Seite es noch ein weiter Weg bis zum Sterben ist.

O wundersame Sprache des kleinen Brixius, wie wird sie sich von diesem Neujahrstag an ausbreiten über den Erdkreis, leicht und unmerklich; von den Seevetalern wird sie über das Meer bis zu den Kaliforniern, und von den Münchnern über das Gebirge bis zu den Aserbeidschanern gelangen. Noch sind es wenige, die die unverfälschte Zugehörigkeit bevorzugen und deshalb den Genetiv meiden, noch haben nicht viele die veränderte Stellung der Wörter im Satz begriffen.

Aber täglich werden es mehr und mehr, und die plötzlich so beschleunigte Vermehrung an diesem Neujahrstag gab der ganzen Entwick-

lung einen neuen Schub. Der kleine Brixius hüpfte noch beschwingter über die Straße, und Luise, seine Freundin aus der Nachbarschaft, sprang fast wie mit Siebenmeilenstiefeln an seiner Hand. Potztausend! Es war ein Exponentialschritt, der dies bewirkt hatte, ja, mehr noch, es war ein Exponentialsprung, ein riesenhafter Exponentialsatz ins nächste Jahrtausend.
Ja, die Liebergallshauser Stellung der Wörter im Satz, sie weist in eine schönere Zukunft! Sie deutet auf eine Zeit hin, auf die es jetzt mit exponentiellen Schritten zugeht. Über eine Brükke aus Wörtern reicht der Satz bis auf die andere Seite des Gedankens, und die Wörter stehen in diesem Satz wie die Pfeiler der Brücke, aber nicht in althergebrachter Reihe wie die Brükkenpfeiler unter einem gemauerten Viadukt, sondern in der bewegten Abfolge einer lebendigen Brücke, die aus immerzu wechselnden menschlichen Körpern gebildet ist.
Trotz anfänglicher Widersetzlichkeiten, als ein paar ortseingesessene Querköpfe zu kritteln begannen, kam diese Brücke zustande. In futuristischer Wortstellung sagten die Liebergallshauser: »Wir sind diese Brücke am Bauen.« Sie sagten: »Wir haben damit endlich an wollen fangen.« Und sie sagten: »Über einmal ist keinmehr Querkopf da.«

Sprechend fangen sie an, und sprechend bauen sie an dieser Brücke; es ist ein nichtfestgelegtes, ein fortwährendes Anfangen und Bauen, so offen und locker stehen die Wörter im Satz. Und wenn sie sagen: »Über einmal ist keinmehr Querkopf da«, dann stehen sich dieses »einmal« und dieses »keinmehr« nicht in dialektischer Verhärtung gegenüber, o nein. »Einmal« und »keinmehr« schwingen in harmonischer Entsprechung, sie schwingen und klingen zusammen, und über den sphärischen Gleichklang führt der Weg schnurstracks auf die andere Seite der Brücke.
Dabei sagen die Liebergallshauser: »Über einmal.« Statt »auf einmal« heißt es in der Sprache des kleinen Brixius »über einmal«, womit längst die lastende Schwere des plötzlichen Augenblicks verlassen und die schwebende Leichtigkeit, die luftige Beschwingtheit, die schwerelose, ja bodenlose Grazie der Allgegenwärtigkeit sprechend erreicht ist.
»Über einmal«: mit diesem Wort ist die ganze Sofortigkeit, diese schlag- und blitzartige Aggressivität, diese bösartige ultimative Direktheit überwunden. Nicht also dieses barsche »auf der Stelle«, »auf einen Streich«, »auf Anhieb«, sondern das Schwebende, das Traumhafte, das Zauberische des Märchens stellt sich ein, so wie man sagt: »über Nacht«, »über kurz

oder lang«, »über ein Weilchen«, was ja dem Märchen viel besser ansteht als dieses mürrische »auf einmal«.

Nun, als sich der Neujahrstag seiner zweiten Hälfte zuneigte und es so aussah, als würde sich nichts Besonderes mehr ereignen, da geschah »über einmal« etwas unerwartet Merkwürdiges. Die Sonne stand über dem Horizont, ihre Korona rieb sich schon wieder am atmosphärischen Druck und spielte mit extraterrestrischer Launenhaftigkeit die schöne Lebenstüchtige, als dieses merkwürdige Nachmittagsereignis die ganze Familie Brixius in Staunen, ja fast in Bestürzung versetzte. Frau Brixius hatte eben das Kaffeegedeck auf den Tisch gestellt, Kuchenteller und Zuckerdose aus dem Schrank geholt und die Kaffeekanne mit siedendem Wasser aufgefüllt, da ertönte ein Pfiff.

Ja, es ertönte ein Pfiff, so wunderlich einem das auch in dieser unerhörten Begebenheit vorkommen mag, es ertönte ein knapper, flüchtiger Pfiff, der mehr einem Hauch, einem Atemzug, dem Geräusch eines Luftstroms als einem ordinären Pfiff gleichkam. Es war weder der Pfeifton des Wasserkessels vom Ofen noch der Pfeifton eines Kranichs vom Himmel her, obwohl beides hätte möglich sein können, da ja eben das Kaffeewasser am Sieden war und es auch noch nicht lange her war, als Kraniche aus bun-

ten Damenschirmen hervorkamen und sich in die Luft erhoben.
Nein, es war ein ganz anderes Pfeifen, und da es von dorther ertönte, wo sich gerade der kleine Brixius aufhielt, nämlich von der Straßenseite des Zimmers, wo in diesem Augenblick der rote Abendschein der Neujahrssonne durch die Fensterscheiben fiel, schauten Herr und Frau Brixius erschreckt nach ihrem Sohn, als habe er diesen Ton hervorgerufen und es sei ein ungehöriger, ein eigenmächtiger Ton, der sich nicht gezieme.
Herr und Frau Brixius dachten nicht an etwas Naheliegendes, im Gegenteil. Mit einem Schlage wurden in der Familie Brixius wieder alle Erinnerungen wach an Dr. Zangl und den oberen Dreier und an Dr. Kropf und die vermaledeite Stimmritze. Kam dieser Pfiff vielleicht zwischen den Zähnen hervor oder aus den verborgenen Falten des Kehlkopfs?
»Nein«, hätte der kleine Brixius sagen müssen, »ich habe nicht gepfiffen«, und da Herr Brixius nicht gewillt sein konnte, sich mit dieser Erklärung zufriedenzugeben, und auch Frau Brixius nicht nachlassen wollte, ihre erschreckte Miene zu zeigen, hätte der kleine Brixius hinzufügen müssen, er habe auch sonst nichts einem Pfeifen Vergleichbares aus seinem Körper entlassen, nein, weder aus dem Munde noch sonstwoher.

Nichts von alledem, jede Besorgnis sei fehl am Platz, es sei müßig, sich den Kopf darüber zu zerbrechen.

Er hatte nun allerdings nicht: »Nein« gesagt und nicht: »Ich habe nicht gepfiffen« und hatte auch nicht gesagt: »Nichts Vergleichbares«: der kleine Brixius benutzte ja diese Wörter nicht mehr, er war längst darüber hinausgekommen, in negativen Kategorien zu sprechen, und so hatte er anstelle dessen gesagt: »Ja, ja, ich habe dieses schöne Pfeifen auch gehört gehabt.«

So lebensnah und natürlich sich dieser Pfiff auch anhörte, er hatte nicht das geringste mit dem Naheliegenden zu tun. Es war, wenn man so will, ein Pfiff aus einer anderen Welt und hatte doch nichts Übernatürliches oder Außerirdisches an sich und war also auch nicht mit den Göttinger Kriterien Professor Suitberts zu erklären.

Erinnert man sich angesichts dieser Entwicklung noch der empirischen Unverdrossenheit Dr. Zangls, der spekulativen Begabtheit Dr. Kropfs, der hermeneutischen Verzücktheit Professor Geißenreithers? Man weiß zwar, daß immer, wenn Aufbau und Ausstattung herrschen, in den Zeiten gedeihlicher Konsolidierung, das Glück der Grammatiker ausbricht und es eher zu lexikalischen Vervollkommnungen als zu gewagten Anstößen und Entwürfen kommt. Aber was hat ein Pfiff mit der Sprache zu tun?

Genug der theoretischen Spezialitäten! Sieht man einmal von Dr. Zangl und Dr. Kropf ab und läßt das praktische dental-mechanistische und laryngal-physiologische Vorgehen einmal beiseite, so waren doch die hermeneutische Neugierde Professor Geißenreithers und der futurologische Forschungstrieb Professor Suitberts in ihrer Kopflastigkeit allzusehr von Hypothesen befrachtet, so daß sich am Ende das ganze Aufheben, das diese Geschichte hervorgerufen hat, gar nicht lohnen würde, wenn nicht wenigstens die Grammatiker an dieser »Anomalie«, wie sie es nannten, an diesem absonderlichen grammatischen Optimismus herumgedoktert hätten, an diesem hartnäckigen Jasagen und Zusprechen, das so außerordentlich im exponentiellen Wachsen begriffen war.

Nun gut. Was hat aber ein Pfiff mit der Grammatik zu tun? Zu dem Hüpfen und dem Jasagen hat sich das Pfeifen hinzugesellt, und dieses Pfeifen wird am Ende alle Beteiligten noch ratloser gemacht haben als das Jasagen und das Hüpfen zusammengenommen. Es nützt niemand etwas, wenn jetzt gesagt werden könnte, wieviel Grammatiker sich in diesem Augenblick mit dem Fall Brixius beschäftigten, und es ist

auch nichts damit getan, wenn man die Anzahl der Lehrbücher aufzählen könnte, die derzeit die Brixius'sche Anomalie aufarbeiteten.
Bis jetzt gab es immer nur ein dialektisches Hin und Her, bis jetzt hatte es niemand gewagt, eine dieser jeweiligen Thesen kurzerhand aufzuheben, bis jetzt kam es allen an diesem Fall Beschäftigten darauf an, dieses Hin und Her mit einschlägigen Methoden zu erklären, bis »über einmal« dieses antidialektische Liebergallshauser Exponential mit einem einfachen Pfiff ausgelöst wurde. Potztausend, nur ein Pfiff war vonnöten, und sonst nichts.
Es war ein Pfiff von woanders her, oder genauer ausgedrückt, es war gar kein Pfiff. Es war eher ein kurzer, trockener Schlag, der sich wie ein Pfiff anhört und ganz entfernt auch etwas mit einem Pfiff zu tun hat, so daß der kleine Brixius wiederholte, was er beim Anbruch dieses Neujahrstages schon einmal gesagt hatte, nämlich: »Dieses gibt ein gutes Jahr.«
O ja, es wird mit der Sprache des kleinen Brixius wie mit den Seerosen auf dem Weiher sein, und mit dieser neuen Sprache in ihrem Munde wird es den Menschen so ergehen wie den Menschen angesichts der Seerosen am nächsten Morgen: gestern waren es erst einige wenige, aber morgen wird der ganze Teich mit Seerosen bedeckt sein.

Der kleine Brixius trat vom Fenster zurück und setzte sich an den Tisch. In seiner Tasse dampfte der Kaffee, auf seinem Teller lag ein Stück Liebergallshauser Marmorkuchen, und jedesmal, wenn er den Arm hob, um die Kuchengabel an seinen Mund zu heben, ertönte dieser kurze, trockene Pfiff.

VI

Eines Nachmittags flogen die Kraniche wieder vorüber. Es war Ende März, und ihre schmale Kiellinie erschien in dem Augenblick über dem Gelben Berge, als der kleine Brixius mit fröhlichem Armrudern oberhalb der Klappergasse über die Fahrstraße sprang. Er hüpfte von einem Bein auf das andere, schwenkte vergnügt die Arme durch die Luft und bog hinter der kleinen Brücke auf den Waldpfad ein, der sich vom Fuß des Gelben Berges bis zu seinem Gipfel hinaufwindet.

Die Kraniche zogen in großer Höhe. Ihr wildes Kreischen war aber bis hinunter zu dem kleinen Brixius zu hören, der mit heftigem Armrudern über den Waldweg lief. Markdurchdringend kreischten die Kraniche, und so kreischen sie immer, denn die Knorpelringe ihrer Luftröhre sind verknöchert, und sie können besonders ohrenzerreißend kreischen, schrill und schmetternd, ihr Ruf gellt triumphierend in der Luft, und sie schreien, als wolle der eine den anderen übertönen.

Wer weiß, welche Geschichten sie sich vom gelben Strome Hoangho zu erzählen hatten, wie es ihnen in den afghanischen Bergen erging, und was sich alles beim Turmbau von Babel zutrug! Die Kraniche schnatterten über Liebergallshaus, sie plärrten und krächzten, bis sie nicht mehr zu sehen waren, aber ihr Kreischen und Schnattern hatte nichts mit einem Pfeifen zu tun. Sie bewegten ihre Flügel mit weit ausholenden Schlägen auf und ab, und auch der kleine Brixius ruderte mit seinen Armen in der Luft, und es konnte sich fast so anhören, als erzeuge seine Armbewegung einen trockenen Pfeifton.

Es gibt Merkwürdigkeiten, die geschehen so unbeachtet und ohne irgendwelches Aufsehen zu erregen, daß man Wochen, Monate, oft Jahre danach erst ihre Auswirkungen erfährt und sie in das Fortschreiten der Begebnisse einzuordnen beginnt, wenn ihre Zeit längst vorüber ist. Was nun den Fall des kleinen Brixius betrifft, so könnte man sich auf den Standpunkt stellen, es sei genügend Aufhebens von dieser grammatischen Anomalie gemacht worden und alle Welt habe sich mit dem Fall auf eine Weise beschäftigt, die den Fall zum Ereignis, das Ereignis zur Affäre hat werden lassen. Aber Dr. Zangl hatte längst sein Augenmerk wieder auf kariöse Gebisse und Dr. Kropf das seine auf bresthafte Kehlköpfe gerichtet, Professor Geißenreither war nach Landau und Professor Suitbert nach Göttingen abgereist, und die

Grammatiker hatten ihre Nasen nach soviel abnormalen Untersuchungen wieder in ihre Bücher gesteckt.
Was ist überhaupt eine Anomalie? und wozu diese Aufregung, als handele es sich um eine Affäre? Ein kleiner Junge mit dem Namen Brixius hatte plötzlich nicht mehr »nein«, sondern anstelle dessen »ja« gesagt, und von da an war eine allmähliche Verwandlung vonstatten gegangen: etwas verging, nämlich das Alte, und etwas entstand, das Neue. Daß nun aber das Alte so gründlich wie möglich verging und das Neue so entschieden entstand wie in diesem Falle des kleinen Brixius, ist die einzige Merkwürdigkeit, und diese ist zu ihrer Zeit nicht genügend beachtet worden, sonst wären die Kraniche nicht so unbeachtet über den Gelben Berg geflogen und wäre der kleine Brixius nicht so kommentarlos flügelschlagend über den Waldweg gesprungen. Etwas Altes verging, und etwas Neues entstand. Nun sind das Vergehen und das Entstehen so eng aneinander geknüpft, daß es den Anschein hat, als gehörten sie unauflöslich zusammen. Auf Grund dessen gibt es in der volkstümlichen und in der dialektischen Betrachtungsweise immer nur das eintönige Hin und Her von entstehendem Vergehen und von vergehendem Entstehen, ohne daß man sich Gedanken darüber gemacht hätte, wie sehr das

Entstehen mit dem Verstehen und das Vergehen mit dem Entgehen verknüpft ist.
Der kleine Brixius sagte etwas, das niemand für möglich gehalten hätte, er sagte: »Ja.« Und zwar sagte er dieses nicht einmal, sondern er sagte es zweimal, er sagte: »Ja, ja.« Diese neue Liebergallshauser Sprache, die in den Untersuchungen der Grammatiker als eine grammatikalisch abnorme Sprache behandelt wurde, war im Grunde alles andere als dies. Wer wich denn eigentlich ab? Und wer machte sich einer Regelwidrigkeit schuldig? Die alte, offiziell gelehrte Sprache der Grammatiker oder die neue Sprache des kleinen Brixius, die sich auszubreiten begann wie die Seerosen auf dem sommerlichen Teich? Ja, worin sollten beim Jasagen und beim Vermeiden des Genetivs wohl die Abweichung und die Regelwidrigkeit liegen, wo doch der Mensch zum Jasagen geschaffen ist und er nur da ganz Mensch ist, wo er »ja« sagt, auch wenn er die Verhältnisse erst umkehren muß, damit er, um nicht »nein« sagen zu brauchen, getrost »ja« sagen kann.
Wer sagt denn gerne »nein«? Wer ist denn so besessen darauf, den makellosen Genetiv zu benutzen? Es sind die Jungfrauen und die Neurastheniker, die anarchistischen Kopffüßer und die Staatsbeamten. Nun haben wir endlich einmal einen Menschen, der richtig veranlagt ist,

ein wirklich human disponiertes Wesen mit allen Voraussetzungen, ein menschlicher Mensch zu werden, und schon mäkeln die Grammatiker herum und sagen, auch das Abweichende, das Regelwidrige, das Falsche sei wohl eine notwendige dialektische Ausstattung des Humanen.
Was ist nur in die Menschen gefahren? Fast ist man geneigt, die ganze Kultur als die Folge eines katastrophalen menschlichen Defekts anzusehen, als einen Fehler, wie es schon der Privatdozent W. Klopper in seiner imaginären anthropologischen Hypothese getan hat. Der Krakauer Professor Lem, der darüber eine bemerkenswerte Rezension verfaßte, nennt die Kultur den »Stock des Hinkenden«, die »Krükken des Lahmen«, den »Rollstuhl des Paralytikers«, und er fragt, ob denn jemand überhaupt Prothesen brauche, wenn ihm neue Glieder wachsen können?
Die Kraniche zogen an jenem Märznachmittag über den Gelben Berg und Liebergallshaus, laut kreischend und debattierend, aber ihre Sprache und ihre Erzählungen von Euphrat und Tigris und vom babylonischen Turmbau verhallten in der Luft. Niemand hörte sie, außer dem kleinen Brixius. Er hielt plötzlich im Laufen inne, stellte die Ruderbewegungen seiner Arme ein und sah nach den Kranichen auf.
Hurtig bewegten sie ihre Schnäbel, sie klapper-

ten und klatschten, ihr Krächzen klang wie ein breites Ja, und sie benutzten weder den Genetiv noch das Akkusativobjekt. Da kamen sie geradewegs aus Babylon herbeigeflogen und hatten womöglich ihre Schnäbel an den Steinen gewetzt, aus denen der biblische Turm erbaut gewesen war. Ja, wenn die Steine reden könnten! Wenn die Steine einen leibhaftigen Mund hätten und die Zähne auseinander machen könnten, die Steine könnten etwas erzählen. Sie könnten erzählen, was sich zugetragen hat in der langen Zeit, in der der Mensch sich entschlossen hat, die Zähne auseinander zu tun und zu sprechen, angefangen bei der Sprache des großen Gilgamesch, und aufgehört bei der Sprache des kleinen Brixius.

Was hat es nicht alles schon für Sprachen, und was hat es nicht alles für Sprachen über Sprachen gegeben! Da gibt es die arktischen, und da gibt es die Wüstenzungen, da gibt es die arkadischen, und da gibt es die galaktischen Sprachen. Es gibt die Substrat-, und es gibt die Wellentheorie: ja, die linguistischen Wellenlinien und -ringe, die über Wüsten und Gebirge, über Flüsse und Ozeane herüberreichen bis an den Gelben Berg mit seiner lehmigen chinesischen Erde und hinüber in die schwarzen galaktischen Löcher.

Da gibt es den Turmbau von Babel, wo keiner

mehr den anderen verstand, und da gab es das Pfingstwunder, wo jedermann auf einen Schlag aller Sprachen mächtig war. Oder schrien damals die Apostel alle auf einmal und so kreuz und quer durcheinander, einer in fremden Silben und ein anderer in unverständlichen Wörtern, und zwar so aus vollem Hals, daß jeder heraushören konnte, was er gerade wollte? Ja, war das Pfingstwunder nun ein Hörwunder, oder war es ein Sprechwunder? Oder sollte es tatsächlich ein Sprachenwunder gewesen sein?

Die Kraniche über dem Gelben Berg krächzten so lauthals, daß der kleine Brixius von seinem Standpunkt am Waldrand aus einzelne Laute unterscheiden konnte. Aber weit und breit war kein Grammatiker zu sehen, der diese Laute hätte aufnotieren und in eine sinnvolle Ordnung bringen können, und auch kein Hermeneutiker war in der Nähe, der diese grammatische Ordnung hätte deuten und Schlüsse daraus ziehen können.

Nur der kleine Brixius stand da, und über sein Gesicht breitete sich ein glückliches Lächeln, und es sah so aus, als verstünde er den einen oder anderen Laut, den die Kraniche mit lustvollem Schmettern ausstießen. Manchmal klang es einsilbig und monoton wie die Sprache in Campanellas »Sonnenstaat«, und manchmal klang es mehrsilbig und wohllautend wie die Sprache in Thomas Morus' »Utopia«. Was muß ich nicht noch alles lernen, dachte der kleine Brixius bei sich und sah unverwandt zu den Kranichen hinauf.

O ja, da hatte er sicher recht, denn im »Pantagruel« von Rabelais wird berichtet, der limousinische Dialekt klinge nach dem Teufel und der provenzalische nach den Goten, die juristische Sprache töne nach den alten Deutschen und die Laternensprache nach der schöneren Zukunft. Lukian von Samosata führte aus, wer auf dem Mond lande, müsse griechisch sprechen, was sich dann aber als unnötig herausgestellt hatte, und wer im Wunderland ankäme, der müsse indisch sprechen, was sich im Laufe der Zeiten auch als überflüssig erwiesen hatte. Lukian meinte, den Rebstöcken müsse man auf lydisch antworten, und zaubern müsse man auf ägyptisch.

Ja, was gibt es nicht alles für Theorien! Da gibt es die Sonnensprachtheorie des Cyrano von Bergerac, und es gibt die Pferdesprachtheorie von Jonathan Swift. Cyrano von Bergerac erklärt, die Sonnensprache werde von Menschen und Tieren verstanden, es sei eine adamische Natursprache, in der sich jede Mundart desto weiter von der leichten Verständlichkeit entfernt, je weiter sie sich von der Wahrheit fortbewege. Und Jonathan Swift erzählt, es seien die Pferde, die sich auf der obersten polyglotten Stufe befänden. Ja, der kluge Gulliver traut nur den Pferden die Kenntnis aller Sprachen zu. Es seien die Pferde vom Houynhnhnms-Land, die guten, alten Pferde, sie lögen nicht, sie betrögen nicht, sie sprächen durch die Nase und die Kehle, sie sprächen deutsch.

Und das ist wahr. Schon Kaiser Karl V. hat mit den Pferden deutsch gesprochen. An die Damen wandte er sich auf Italienisch, weil das Italienische ein Seufzer ist; an die Herren auf Französisch, weil das Französische ein Gespräch ist; an Gott auf Spanisch, weil das Spanische ein Gesang ist; an seine Pferde aber wandte er sich auf Deutsch, weil das Deutsche ein Röcheln, ein Schnalzen, ein Wiehern ist, ein Schmatzen und ein Schnauben, und wenn es so ist, daß jede Sprache einen eigentümlichen Weltentwurf bedeutet, dann weist vielleicht die deutsche Pferdesprache einen ganz bedeutsamen Weg in die Zukunft.

Aber das ist nicht alles. Da ist am Ende auch noch der Jüngling aus dem Märchen, der so dumm war, daß er nur lernte, was die Hunde bellen, was die Frösche quaken und was die Vögel singen. Damit ist er schließlich Papst geworden, und von der Messe, die er singen mußte, verstand er kein einziges Wort. Aber auf seiner deutschen Schulter saßen zwei Tauben, die sagten ihm alles ins Ohr.

Und so waren es wohl doch nicht die Pferde, aus deren wiehernder und schnaubender Grammatik sich die Sprache der Zukunft sinnvoll entwickelte, es waren vielmehr die Vögel, die nicht nur limousinisch wie der Teufel, lydisch wie die Rebstöcke und deutsch wie die Pferde, sondern sogar lateinisch und auf lateinisch alles vorsagen können, was zur Erlangung der Glückseligkeit nötig ist. Es muß nicht die Taube sein, die eine Messe singt, und es muß nicht gerade eine Messe sein, die auf lateinisch gesungen wird, auch eine Ballade hört sich am schönsten auf lateinisch an, und das kann der Kranich auch.

Die Tauben gurren, sie verbeugen sich, sie verneigen sich, sie verrenken den Hals und schweben vor lauter Sanftheit über dem Wasser, um eine heilige Taufe zu bezeugen; die Kraniche dagegen krächzen, sie recken sich, sie strecken sich, sie tragen den Kopf hoch und ziehen in schwärzlichtem Gewimmel über das Theater von Korinth, um den schmählichen Anschlag auf einen Dichter anzuzeigen. Die Kraniche des Ibykus fliegen über das Theater hinweg, mitten ins Abendrot hinein, sie sind gerade noch zur rechten Zeit gekommen, keine Minute zu früh.

Aber auch die Kraniche des kleinen Brixius hatten sich nicht verspätet, sie rauschten über den Gelben Berg und debattierten so laut und deutlich, daß der kleine Brixius sie hören und sogar einzelne Laute unterscheiden konnte. Auch sie zeigten etwas an, ja, auch die Kraniche des kleinen Brixius hatten nicht vergebens gekrächzt, und auch sie flogen geradewegs in die Sonne hinein.

Der kleine Brixius, der ihnen unverwandt nachgeschaut hatte und sie immer kleiner und den Keil ihres Geschwaders immer schmaler hatte werden sehen, sah »über einmal« nichts mehr als einen weißen Fleck, ein helles, strahliges Leuchten, und im letzten Sonnenlicht lief er über die Brücke zurück, überquerte die Fahrstraße und eilte nach Hause, vorbei an dem chinesischen Regenschirm, der hinter der Haustür im Schirmständer lehnte.

»Vater«, sagte er, »die Kraniche haben miteinander gesprochen«, und er versuchte, das babylonische Krächzen der Kraniche nachzuahmen. Aber weil er ja schon weit über das dialektische Mystifizieren der Kraniche hinaus und längst schon beim entschiedenen Jasagen angekommen war, sprudelten immer nur hellklingende Laute und heiterbedeutsame Wörter aus seinem Mund, und es bildeten sich Sätze, mit denen man hätte ein Gespräch über die Natur der beweg-

lichen Zunge anknüpfen können, ein Gespräch mit Engeln über Engelszungen, ein korinthisches Zungenreden, eine verzückte Glossolalie, in der es keinen Genetiv und keine verräterischen Umlaute, in der es aber einen hoffnungsvollen, einen gar nicht ein für alle Male vergangenen Plusquamperfekt gibt, und in der das Werden ein gegenwärtiges Geben ist.
Ein Gespräch über die Natur der beweglichen Zunge ist kein physiologisches Gespräch, sondern ein futuristisches: die Zukunft steht auf dem Spiel. Der kleine Brixius sprach deutlich, er sprach, während die Sonne unterging, und er sprach, während der Mond aufstieg, aber Sonne und Mond waren nicht einfach nur rotierende Himmelskörper und drohten mit extraterrestrischen Eingriffen. Nein, sie waren mit allen ihren Eigenschaften und Fähigkeiten in die Ausbildung der Liebergallshauser Sprache einbezogen, der Mond blieb männlichen Geschlechts und zurückhaltend, die Sonne blieb weiblich und durfte glänzen und blenden, wie es sich gehört, und nicht umgekehrt wie bei den Franzosen, wo das Männliche dominieren darf und das Weibliche hindämmern muß in bleicher Verschmachtung.
Der kleine Brixius sprach, die Liebergallshauser sprachen, und die Menschen ringsumher begannen schließlich auch zu sprechen, nachdem

sie lange Zeit nur gelallt und gestottert hatten. Ganz gleich, ob es hoch- oder niederdeutsche, ob es skandinavische oder mediterrane, ja ob es grönländische oder Wüstenzungen waren, die die Menschen beim Sprechen bewegten, die Sprache blieb ein tellurisches Ereignis, und auch die neue Liebergallshauser Sprache des kleinen Brixius blieb ein ganz und gar diesseitiges und irdisches Idiom.

Weder ihre Morphologie noch ihre Syntax hatten Ähnlichkeit mit der Mitte des 19. Jahrhunderts entwickelten Altsprache von Karl Christian Friedrich Krause noch mit der Mitte des 21. Jahrhunderts ausgebildeten Neusprache des »Engsoz«. Weder der euphemistische Wortschatz des »Engsoz« mit Wörtern wie »Lustlager« und »Minipax«, wie »Prolefutter« und »Intusgefühl«, die allesamt das Gegenteil von dem bedeuteten, was sie sagten, noch die übergermanische Terminologie Krauses mit Begriffen wie »vollwesengliedbaulich« und »eigenleburbegrifflich«, wie »Angewirktnis« und »Vereinselbstganzweseninnesein«, die das Gegenteil von dem sagten, was sie bedeuteten, kamen in der Sprache des kleinen Brixius zur Ausbildung.

Eventuelle Angleichungen an »Babel 17«, das hypnotische Idiom, das in einer interstellaren Auseinandersetzung eine bedeutsame Rolle ge-

spielt hatte, gab es ebensowenig wie eine Verbindung mit der Sprache von »Homo Gestalt«, die als ein komplexer Organismus, von einem zentralen Ganglion gesteuert, gruppenkommunikative Funktionen übernommen hatte. Auch die augenblickliche Parallelität der Kontinuen von »Probabilität A« und »Gewißheit X« blieb ohne Einfluß auf das Liebergallshauser Zungenreden. Es war kein »galaktisches Rauschen«, und es waren keine »Gesänge des Computers«, die aus dem Mund des kleinen Brixius hervorgingen, es war auch kein Pfeifton, o nein, der Pfeifton kam wo ganz anders her!
Nichts von alledem! Die Sprache des kleinen Brixius war keine Phantasie- und Zaubersprache, es war eine gesprochene, eine umgängliche, eine wirklichwahrhaftige Sprache ohne Abrakadabra und Hokuspokus. Aber es war eine Sprache, die morphologische und syntaktische Dispositionen besaß, aus denen sich, bei entsprechender harter grammatischer und pädagogischer Arbeit, ein neuer Mensch herbeiführen ließ, und zwar in der Gestalt des kleinen Brixius selber. Sollte das nicht ein erstrebenswertes Ziel sein, mit Hilfe einer neuen Grammatik zu einem neuen Menschen zu gelangen?
Dieser Abend, als die Kraniche unter dem Horizont verschwunden waren und der kleine Bri-

xius ihre krächzenden Laute wiederholte, dieser rabulistische Märzabend brachte so etwas wie eine vorentscheidende Klärung dieser unerhörten Begebenheiten, ohne daß es noch zu einer restlosen Aufklärung gekommen wäre. Der kleine Brixius holte mit seiner Stimme aus, er befand sich zwischen dem Tisch und dem Fenster, das noch ein Spaltbreit offenstand, und lauthals rief er seine positiven Wörter in das Zimmer. Plötzlich dämpfte er seine Stimme wieder, um nicht in einem Zustand des Außersichseins in ein neuerliches dialektisches Stammeln zu fallen. O nein, er war ganz bei sich, und er sagte seine Wörter mit deutlicher Aussprache her, ohne Lispler im oberen Dreier und ohne Flattern der Stimmritze, klar und verständlich.

Auf der anderen Seite des Tisches saß Herr Brixius, mit der Zeitung auf den Knien und einer Tasse Kaffee in der Hand, und hörte ihm zu, wie er nun Ole Luk-Oie zitierte und sagte: »Ole berührte mit seiner Zauberspritze alle Dinge ringsumher, und über einmal fingen sie an zu sprechen, und alle Vögel sangen mit, die Blumen tanzten auf den Stengeln, und die alten Bäume nickten, als ob Ole Luk-Oie auch ihnen Geschichten erzähle.« Nicht, daß er sich mehr und mehr in einen Chinesen verwandelt, seine Augen sich zu Schlitzen und seine Locken sich zu Zöpfen verzogen hätten, der kleine Brixius wollte auch nicht mehr Kranich sein als der Kranich selbst, aber Herr Brixius dachte: Hat er sich etwa versprochen? Ist er einer inneren Stimme gefolgt oder ahmt er eine fremde Stimme nach? Hat er absichtlich oder hat er gegen seinen Willen gehandelt? Hat er sich zu eindringlich ausgedrückt oder zu nachlässig? Worauf läuft das hinaus?

Und mit freundlicher, nicht besonders auffälliger Kopfneigung gab Herr Brixius sein Einverständnis zu diesem Liebergallshauser Sprechen, ohne daß er verstanden hätte, worum es dem kleinen Brixius ging. Aber dieses glückselige »Über einmal« in seiner Sprache, wobei seine Augen strahlten und seine Füße den Boden kaum noch berührten, das gab Herrn Brixius doch den Mut, die Hoffnung nicht sinken zu lassen, auch wenn er nur sehr ungefähr und annähernd verstand, was im Entstehen begriffen war, und ihm doch manches entging, das über die Lippen des kleinen Brixius sprudelte.

Aber weder ein entstehendes Verstehen oder ein vergehendes Entgehen noch ein verstehendes Entgehen oder ein entgehendes Vergehen, was alles nur ein eintöniges Hin und Her von Betrachtungsweisen ist, öffnet den Sinn für das Begreifen der Sprache des kleinen Brixius, erst das entgehende Verstehen und das verstehende

Entgehen ändert die starren Positionen, und Herr Brixius, der gerade dabei war, diese Wendung der Dinge zum Guten mitzuerleben, erhob sich von seinem Stuhl, stieß das Fenster gänzlich auf und zeigte mit dem Finger über die Häuser der Stadt, die jetzt schon im Halbdunkel lag und mit zahlreichen Lichtern zum Gelben Berg heraufglänzte.
Auf einmal wußte man am Gelben Berge nicht mehr, ob die kosmische Zeit bereits angebrochen sei, oder ob die gegenwärtige Zeit inzwischen kosmische Eigenschaften angenommen hatte, man erwog die fatalistische Göttinger These von der Sonnenabhängigkeit, und man zog die überängstliche Fernsehthese in Betracht, eine Botschaft des Planeten Ariel übrigens, die menschliche Natur sei so beschaffen, daß man es sich nicht leisten könne, ein Risiko einzugehen, und jedermann am Gelben Berg stockte der Atem.
Die Ganglien, die Ganglien! Trotz Armruderns und Flügelschlagens, trotz allerlei sonstiger Muskelbewegung war doch auch etwas in den Nervenzellen des kleinen Brixius vorgegangen. Ja, die Ganglien, vergessen wir die Nerven und die Säfte nicht, die neuronalen und die humoralen Attraktionen des Menschen, diese Stimulanzgrößen des Hippokrates! Was kommt es da nicht zu allerlei Karambolagen! Und erst die

Karambolagen der motorischen mit den sensiblen Nerven! Während die motorischen Nerven, die ja vergleichsweise harmlose Nervenzellen mit sympathischen Knötchen und Zipfelchen sind, die Erregungen zu den Muskeln leiten, leiten die sensiblen Nerven, die höchst hinterhältige und unsympathische Nervenzellen darstellen, die Erregungen zu anderen Neuronen, was viel folgenreicher ist, da bekanntlich ein Nerv den anderen ansteckt, und es auf diese Weise zu einer heillosen nervösen Ausschweifung aller Nerven kommt.

Vorsicht vor Zugluft, Vorsicht vor Nässe, Vorsicht vor Wind! Aber bei dem kleinen Brixius gingen ja nicht Grippe und nicht Schnupfen voraus, keine Hysterie und keine Fettsucht, geschweige denn eine Zahnentzündung, der Dr. Zangl mit einer Extraktion, oder ein Stimmritzenkrampf, dem Dr. Kropf mit einem Luftröhrenschnitt hätte begegnen müssen, weder ein Kribbeln noch ein Frösteln, nicht einmal ein sanftes Ziehen, aber es setzte plötzlich ein Bohren und Brennen, ein Zucken und Reißen in den Nerven ein, daß man diese Jähheit und Sofortigkeit nicht umschreiben kann, wenn man sagt: »Über einmal.«

O nein, mit einem Schlag hatte diese Ganglienkrise eingesetzt, eine Heimsuchung, eine Folter, eine Marter, die aber weniger ein Weh als ein

Mißbehagen, eine Unruhe, eine plötzliche Erregung war, die sich von dem kleinen Brixius epidemisch auf seine Umgebung übertrug, und Herr Brixius zeigte ja nicht aus guter Laune mit seinem Finger über die Dächer der Stadt. Es war etwas vorgegangen, das nach und nach um sich gegriffen und die Liebergallshauser eingenommen hatte wie die Seerosen die Wasserfläche des Teiches.

Frau Brixius eilte an den Wohnzimmerschrank, nahm den »Praktischen Hausschatz der Heilkunde« von Sanitätsrat Dr. Bergmann aus dem obersten Fach, suchte nach den Rezepten der bewährten Kräutermischungen und mischte 20 Gramm Baldrian, 15 Gramm Pfefferminzblüten, 10 Gramm Apfelsinenblätter und 5 Gramm Bitterklee, überbrühte von diesem Gemenge einen halben Eßlöffel mit einem Tassenkopf Wasser, ließ das Gebräu eine Minute sieden und 10 Minuten ziehen, goß es in eine Tasse, süßte es mit Kandiszucker und sagte zu dem kleinen Brixius: »Das mußt du trinken.«

Der kleine Brixius setzte die Tasse mit dem Tee an seine Lippen und trank sie aus. Der Tee spülte seine korinthische Zunge, netzte Gaumen und Speiseröhre, aber die Ganglien widersetzten sich dem sonst so förderlichen Gebräu. Es war umsonst. Frau Brixius hätte wohl besser einen Teil Stechapfelsamen mit 20 Teilen Wasser

übergießen, das Gemisch drei Tage lang stehen, darauf das Helle sich von dem Bodensatz absetzen lassen müssen, von diesem Auszug früh und abends nach dem Essen drei Tropfen auf ein Weinglas geben und diesen Trunk den kleinen Brixius innerhalb einer Stunde in kleinen Schlucken austrinken lassen müssen, weil es sich wohl nicht um eine gewöhnliche Nervenschwäche, sondern um einen handfesten Nervenschmerz handelte.
Frau Brixius versuchte es zuerst mit heißen Packungen und Schwitzbädern, dann mit Baldrian und Bibergeil, und am Ende mit Salizyltabletten, die sie sonst nur zur Konservierung von Himbeermarmelade und zur Hornhautweichung von Hühneraugen verwendete. Aber nicht die schottische Dusche und nicht das Senfpapier, nicht Dampfkompressen und nicht Kneippsche Güsse besänftigten das Weh, erst als der kleine Brixius wieder zu Atem kam, der am ganzen Gelben Berg ins Stocken geraten war, verflüchtigte sich diese scheußliche Ganglienkrise.
Der kleine Brixius litt einen leichten, einen tröstlichen Schmerz, er litt einen Schmerz, den man mit heiterer Zustimmung leidet. Es war ein heilsamer Schmerz, es war eigentlich gar kein Schmerz, sondern der Vorbote einer fühlsamen Erleichterung, so wie jeder Erleichterung ein

schmerzähnlicher Zustand vorausgeht, etwa das angenehme Körpergefühl dem Klopfen auf den Daumen, und die Krise war eine Krise zum Guten.
So kam allmählich die Liebergallshauser Atmung wieder in Gang, dafür hatten nicht nur die Tibetaner die Atembeherrschung, die Inder die Atemgymnastik und die Perser die Atemtechnik erfunden, und die Liebergallshauser bedienten sich ihrer, sondern sie selbst hatten darüber hinaus Atem genug, die Ganglienkrise zu überwinden, und schon am anderen Tag, mittags nach der Schule, sahen einige Spaziergänger den kleinen Brixius im Gelbenbergerwald mit ausgebreiteten Armen über die geschotterten Holzfuhrwege laufen. Er war in Begleitung, denn die kleine Luise lief neben ihm her. Sie liefen durch eine Landschaft von Ole Luk-Oie, bald durch dunkle und dichte Wälder, bald durch allerschönste Gärten mit Sonnenschein und Blumen, an Schlössern aus Glas und Marmor vorbei, und auf den Altanen standen die Prinzessinnen aus dem Märchen und verschenkten Zuckerwerk und Lebkuchen, und wer genau hinhörte, dem entging auch nicht der eigentümliche Pfeifton, der bei dieser Luftfahrt verhalten durch die Bäume drang.

VII

Von nun an verging kein Tag mehr ohne eine neue Aufregung. Wer nämlich den kleinen Brixius so hüpfen und die Arme breiten, wer ihn so freudig rufen und jauchzen sah, ja, wer ihn so ausschließlich und über alle Maßen entschlossen nur das Gerade und das Positive betonen hörte, der lief Gefahr, an seiner Normalität zu zweifeln, und nichts ist gefährlicher. Ja, nichts ist menschenverachtender, als eine menschliche Regung für abnormal zu halten oder etwa so weit zu gehen wie die Grammatiker, eine Sprachform für korrupt zu erklären und von dieser korrupten Sprachform auf eine korrupte Daseinsform zu schließen. Schon kam der Verdacht auf, es könnte sich bei dem kleinen Brixius um eine Behinderung handeln, da faselte auch schon jemand von kosmischen Ganglienproblemen. Jedermann sah den extraterrestrischen Gangliendruck als eine Einengung an; niemand wäre bei diesen Wirkungen auf die Idee gekommen, dieses könnten anstelle von Behinderungen ebensogut Begünstigungen sein.

Es verging kein Tag mehr ohne eine neue Vermutung, und nur wenig später hatten sich die

Stimmungen und die Standpunkte in der Hypothese vom vorpubertären Trotz zugespitzt, als folgendes geschah: Herr Buchecker, der eben aus dem Unterholz des Gelben Berges treten wollte, sah, wie sich der kleine Brixius armrudernd vom Boden erhob und mit diesen selben Armen flügelschlagend über eine Hecke hinwegflog. Nun befand sich Herr Buchecker zwar noch nicht völlig im Lichten; zwei, vielleicht drei Schritte hätten genügt, ihn vollends aus dem Gestrüpp ins Freie treten zu lassen, aber diese Schritte hatte er eben noch nicht getan, und so schwankte vor seinen Augen noch der eine oder andere Zweig, auch sein Schuh fühlte noch nicht ganz festen Boden unter den Sohlen, und Herr Buchecker war gezwungen, über Büsche hinweg- und an Baumstämmen vorbeizuschauen, als er plötzlich den kleinen Brixius über der Hecke schweben sah, und zwar eine geraume Weile und auch in beträchtlicher Höhe, so daß er nicht einfach annehmen konnte, es sei eine Täuschung, eine Einbildung, vielleicht eine Erscheinung gewesen.
Hatte sich Herr Buchecker versehen? War ihm im entscheidenden Augenblick ein Blatt ins Gesichtsfeld geraten, hatte er einen zu großen Schritt getan und beim Aufschauen die Perspektive verschätzt und einen alltäglichen Sprung für einen Flug gehalten? Nun kann ein

Mensch ja tatsächlich so beflügelt sein, daß er zu großen Sprüngen befähigt ist, die ein anderer in seiner Erregung für Flüge hält; aber in diesem Fall war kein Irrtum möglich, Herr Buchecker hatte den kleinen Brixius fliegen sehen.

Da stand er, atmete ein und atmete aus, breitete seine Arme, ruderte und schlug, und erhob sich von der Erde. Ausatmen und Einatmen, Schrumpfen und Blähen: war nicht Cornelius Buchecker früher schon dieses pneumatische Wechselspiel aufgefallen, war es ihm nicht als eine hochmütige Kaprize untergekommen, sogar als eine arrogante grammatische Kausalität?

Ja, die widerstrebende Luft, dieser hartnäckige atmosphärische Strom, der über Lippen und Zunge, der am Gaumen entlang und zwischen der empfindlichen Stimmritze hindurchstreicht! Gestehe ihr nicht nur diesen lautbildenden Einfluß zu, o nein, denk an ihre erhebende Kraft! Hat nicht schon Leonardo da Vinci gesagt, der Mensch werde mit seinen großen Flügeln, indem er gegen die widerstrebende Luft unentwegt Kraft erzeuge, siegreich diese Luft unterwerfen und sich auf ihr erheben können?

Ist nicht das Fliegen der Zustand der größten Erleichterung, das Fliegen des Menschen, das

auf den Griechen Dädalos und den Germanen Wieland zurückgeht und zu mancherlei Ausübungen Veranlassung gibt, zu Gleitflug und Segelflug, zu Schlagflug und Wellenflug? Dädalos, der schon für König Midas das Labyrinth und für dessen Frau Pasiphae eine Kuh aus Bronze konstruiert hatte, wählte zur Herstellung seiner Flügel die feinsinnige griechische Mechanikermethode, und Wieland, der grobe und ungeschlachte Schwerter und Schilde, aber auch schon kleine und zierliche Dinge wie Ringe und Spangen angefertigt hatte, entschied sich für die rauhe germanische Schmiedemethode.
Während Dädalos eine Reihe von Vogelfedern verschiedener Größe so anordnete, daß er mit der kleinsten begann und zu der kürzeren immer eine längere hinzufügte, wie wenn sie natürlich gewachsen wären, diese Federn schließlich in der Mitte mit Fäden, unten am Kiel aber mit Wachs zusammenheftete, befestigte Wieland seine Adler- und Schwanenfedern auf hauchdünnen, selbstgeschmiedeten Metallstreben und brachte an ihrer Unterseite einige aus Vogeldärmen genähte Blasen an, die mit dem Blut der Tiere gefüllt waren. Ja, Dädalos und Wieland, die ersten menschlichen Flieger, und Wieland vergaß nicht einmal, gegen den Wind aufzusteigen!
Der Schneider von Ulm nähte sich ein regel-

rechtes Flügelkostüm, und Otto Lilienthal bastelte sich eine geflügelte Gleitmaschine. Die Brüder Montgolfier bliesen Heißluft in ihre Tuchballons, und die Brüder Wright füllten ihre Flugmaschinen mit Benzin. Graf Zeppelin baute sich ein Schiff aus Leichtmetall, und der fliegende Robert stieg mit nichts als dem Regenschirm auf. Das alles hatte der kleine Brixius gar nicht nötig, er flog wie der Kranich, dem die Flügel von Natur aus gewachsen sind, und doch flog er nicht einfach nur aufs Geratewohl.

Was hat der Mensch mit dem Vogel zu tun? Ja, was hat der kleine Brixius mit dem Kranich gemein? Sind es die Flügelschläge, die sie mit rudernden Armen ausführen, und sind es die seltsamen Laute, die sie beide ausstoßen? Sie krächzen beide, und mit kräftigen Flügelschlägen gewinnen sie die Luft. Oder ist es nicht vielmehr das Sprechen in Verbindung mit dem Armrudern, das aus dem kleinen Brixius einen Kranich, und ist es das Krächzen in Verbindung mit dem Flügelschlagen, das aus dem Kranich einen kleinen Brixius macht! Sie erzeugen beide eine pneumatische Kraft, wer weiß woher sie rührt, eine unsichtbare, geheimnisvolle Kraft, sie vollführen keine Zauberkunststücke, sie verrichten keine Wundertaten, o nein, es sind ganz alltägliche Flügelschläge und es ist auch ein ganz unscheinbares Rufen, nur der Pfeifton

gibt zu denken, dieser eigentümliche Ton, der mal wie ein trockenes Knacken, mal wie ein schwirrendes Klatschen klingt.
Sieh nur, wie der Kranich seinen Abtrieb durch den Aufschlag und wie er seinen Auftrieb durch den Abschlag des Flügels bewerkstelligt, ja, sieh nur, wie Abtrieb und Aufschlag, wie Auftrieb und Abschlag aus pneumatischen in grammatische Verhältnisse geraten sind! Sieh nur, wie sich bei diesem Abflug die beiden Flügel berühren, wie sie über dem Körper zusammenschlagen! Ist das vielleicht der Pfeifton, ist das das schnalzige Klatschen?
Sieh genau hin, wie der Flügel beim Abschlag mit der Vorderkante abwärts, und wie er beim Aufschlag mit der Vorderkante nach oben gehoben ist! Auf wellenförmiger Bahn bewegt sich die Flügelspitze auf und ab, und dabei ist diese Verwindung des Flügels um seine eigene Achse nichts anderes als seine Anschmiegung an den ihn umströmenden Äther. Ja, der Äther, diese zarte Himmelsluft, in der die Wörter klingen, wie zieht sie fein und flüchtig über den Gelben Berg mit seiner chinesischen Silhouette. Cornelius Buchecker lauschte in den geisterfüllten Äther, und er hörte den kleinen Brixius sprechen; er schaute in die leichtbewegte Luft und sah den kleinen Brixius fliegen. Sein »Ja, ja!« war zur neuen Sprache, und sein Hüpfen war zur Er-

hebung geworden, so weit hatte es der kleine Brixius getrieben.

Aber was hatte er nun gesagt, als er sich vor den Augen des Herrn Buchecker vom Boden erhob? Hatte er auf eine besondere Weise »über einmal« gerufen, oder hatte er auf seine Liebergallshauser Art »derselbe« gesagt? Hatte er einen besonders vermaledeiten Genetiv gemieden, oder hatte er das Liebergallshauser Plusquamperfekt in so leichter und luftiger Aussprache benutzt, daß mit einem Male alle Schwere aus seinen Gliedern wich? Jedenfalls, »Hokuspokus!« und »Simsalabim!« hatte er nicht gesagt, das hatten viele vor ihm getan, ohne sich je aus dem Staub zu erheben, nein, es mußte etwas ganz Irdisches und Himmlisches zugleich gewesen sein, vielleicht nur ein Liebergallshauser Artikel in seiner schwerelosen Genauigkeit.

So entschieden die deutsche Sonne in aller ihrer Lebenstüchtigkeit weibliche Züge angenommen hat und der deutsche Mond sich in stiller männlicher Intellektualität bescheidet, so unentschieden ist das Liebergallshauser Wesen geblieben und hat noch alle Zukunft vor sich. O nein, hier ist das weibliche Werden noch lange nicht abgeschlossen, das Mädchen ist immer noch »es« Luise, es hat noch nicht die Schwere des Geschlechts und die Dumpfheit des Mütterlichen angenommen, hier ist es immer eine Märchenfigur geblieben, eine schöne Erzählfigur im Plusquamperfekt: »es« Rapunzel, »es« Aschenputtel, und ganz zu schweigen von Schneewittchen und Dornröschen, die viel lieber geblieben sind, um zu geben, als geworden sind, um immer mehr zu werden.

Nichts entstellt den Menschen ärger als die Enthaltsamkeit. Reden ist nicht Silber, und Schweigen ist nicht Gold. Keiner von allen diesen Sprüchen ist es gewesen, der den kleinen Brixius veranlaßt hat, seine neue Sprache zu sprechen, sondern es ist einzig und allein der unwillkürlich gefaßte Entschluß, nicht mehr länger eine grammatische Enthaltsamkeit zu üben und einfach »Ja« zu sagen. Schon Nietzsche schrieb an seine Freundin, die Schriftstellerin Malwida von Meysenbug: »Es tut mir immer leid, ›nein‹ sagen zu müssen ... denn zuletzt sind ›wir beide‹ zum ›Jasagen‹ geschaffen.« Nietzsche wollte schon damals »Ja« sagen, wie es der kleine Brixius heute in aller seiner Unschuld tut. Damals fing das »Jasagen« gerade an, als suspekt zu gelten, alle Welt sagte »nein«, was ja viel leichter ist, weil es ja auch so leicht von der Zunge geht, und Nietzsche sagte »nein«, obwohl es ihm leid tat.

Aber der Entschluß des kleinen Brixius, »Ja, Ja« zu sagen und dabei in die Höhe zu hüpfen, kann nur aus einer Erleichterung ganz anderer Art zu erklären sein und hat nicht das geringste mit Leichtfertigkeit oder gar mit Leichtsinnigkeit zu tun. Im Gegenteil, schweren Herzens mußten Zahnarzt Dr. Zangl und Hals-Nasen-Ohrenarzt Dr. Kropf ihre Nachforschungen einstellen, die Ursache dieser Erleichterung zu ergründen.

Wonach waren denn die Handstreiche Dr. Zangls, die Manöver Dr. Kropfs gerichtet? Worauf zielten die hermeneutischen Prozeduren Professor Geißenreithers und die grammatischen Operationen Herrn Bucheckers? Schon Professor Suitbert aus Göttingen hatte geargwöhnt, dieser ganze forschende Tatendrang sei nichts anderes als eine Suche nach dem fehlenden Zwischenglied. Oh, wieviel unabweisbare Fingerzeige auf dieses fehlende Zwischenglied hatte es gegeben. Ja, wenn erst einmal das Zwischenglied gefunden sein würde, dann würde alles erklärt sein, beides, das Jasagen, das sich zur neuen Sprache, und das Hüpfen, das sich zum Fliegen entwickelt hatte, auch die statistischen Erhebungen Professor Suitberts, in denen alles Wissenswerte zu diesem Fall erfaßt und schon geordnet war, außer dem fehlenden Zwischenglied, von dem niemand eine Kenntnis besaß.

Und doch, das Zwischenglied wurde gefunden. Es wurde im rechten Augenblick entdeckt, zwar nicht von Dr. Zangl und nicht von Dr. Kropf, nicht von den Hermeneutikern und nicht von den Grammatikern, diese Herren hatten die Fingerzeige falsch gedeutet. Es war der kleine Brixius selber, der es fand, aber er war ja ein kleiner Junge und kein Zahn- und Stimmritzenfachmann, und so wußte er nicht, daß es das Zwischenglied war, das er gefunden hatte, nach dem die Spezialisten so atemlos geforscht und gefiebert hatten.

Aber was ist überhaupt ein Zwischenglied? Das Modell eines Zwischengliedes, das beste Beispiel, seine höchste Idee ist Goethes Zwischenkieferknochen. O ja, Johann Wolfgang von Goethe hatte im Verlauf seiner naturwissenschaftlichen Forschungen im Jahre 1784, unabhängig von Vicq d'Azyr und ganz auf eigene Faust, den Zwischenkieferknochen entdeckt. Am Tag der Entdeckung schrieb er an Herder: »Ich habe gefunden weder Gold noch Silber, aber was mir unsägliche Freude macht, das os intermaxillare beim Menschen!«

Welch große Tat eines Dichters! Ja, schon Goethe hatte ein Zwischenglied gefunden, jenen geheimnisumwitterten Zwischenkiefer, einen Knochen der Wirbeltiere, der zwischen den beiden Oberkieferknochen liegt und die oberen vier Schneidezähne trägt, beim Menschen aber schon im frühen embryonalen Leben mit dem

Oberkiefer verwächst und von da an nicht mehr zu finden ist. Goethe aber war fest davon überzeugt, daß »die Natur ihre großen Maximen nicht fahren lasse«, und er entdeckte die Nahtspuren dieses Knochens zwischen dem Eck- und dem zweiten Schneidezahn.

Oh, dieses fehlende Glied, dieses ominöse »missing link« des 18. Jahrhunderts! »Welche Kluft zwischen dem os intermaxillare der Schildkröte und des Elefanten!« hatte Goethe ausgerufen und in titanischer Klassizität das Kleinste und das Größte in eins gegriffen; aber er konnte damals nicht wissen, daß diese menschliche Nahtstelle genau die Stelle war, auf die Dr. Zangl zweihundert Jahre später sein Augenmerk richten würde. Der obere Dreier, ja, es war wohl doch der obere Dreier! Ihr dentes canini, ihr vampirischen Reißzähne an der Nahtstelle des Zwischenkieferknochens, solltet ihr wohl die Fingerzeige des neuen Zwischengliedes sein?

Cornelius Buchecker beobachtete den kleinen Brixius an diesem Flugnachmittag mit besonderer Aufmerksamkeit. Er bog die Zweige auseinander, setzte seinen Fuß auf festes Liebergallshauser Pflaster und schaute unverwandt nach dem kleinen Brixius, der wie ein Kranich pfeifend seinen beflügelten Zustand genoß. Über den Gelben Berg tönte die Stimme des

Kranichs aus verknöcherter Luftröhre, gedehnt schwirrte die Zungenpfeife: was für ein Überdruck im Zwischengabelbein-Luftsack, hier herrscht kein toter Luftraum, nein, hier gibt es keinen hohlen Knochen!
Die Luft wird durchgeblasen, und nichts ist dem Menschen förderlicher als ein frisches Durchgeblasensein. Der kleine Brixius in seiner Liebergallshauser Kappe lief an der Ginsterhecke entlang und schlug mit seinen Armen. Es bauschten sich die Ärmel seiner Leinenjacke, die Hosenbeine flatterten, der Schirm der Flügelmütze stellte sich energisch auf.
Ja, sogar der Mütze sind Flügel gewachsen. Wenn erst einmal der Anstellwinkel vergrößert ist! Wenn erst einmal die Luftklappen der Liebergallshauser Kappe sich spreizen und der kleine Brixius beim Aufschlag des Arms seine Handflügel nach abwärts knickt, um keinen Abtrieb mehr zu erleiden! Ja, wenn erst einmal die Auffingerung der Flügelspitzen dem Trudeln und dem Schwanken, all diesen Mißstimmungen und Verdrießlichkeiten entgegensteht, dann wird der neue Mensch »aus dem Luftdruck, der uns Hebung schafft, auf Wirkung für Flügel schließen«, wie es Otto Lilienthal in seinem Vogelgedicht geschrieben hat. »Richtige Schlüsse ziehen«, sagt er, denn »die Macht des Verstandes wird auch im Fluge dich tragen.«

Der kleine Brixius ist dieser neue Mensch, das zukünftige Individuum, eine Monade, kein Unikum von Olaf Stapledon, kein Produkt des Science Fiction, wo der neue Mensch gleich alles auf einmal kann, nämlich in einem Körper alle Rassen verkörpernd, in einem Blick alles Sichtbare erblickend, mit einem Schritt allen Raum ausschreitend. Nein, die Füße des kleinen Brixius sind Liebergallshauser Menschenfüße, ohne Schwimmhäute, und seine Hände sind Liebergallshauser Menschenhände, ohne Flughäute, aber es gibt dieses Zwischenglied, das sich auf wunderbare Weise herausgebildet hatte, und es kommt darauf an, richtige Schlüsse zu ziehen.

War dieses Zwischenglied zu Goethes Zeiten noch der Zwischenkieferknochen, so ist es zu Zeiten des kleinen Brixius ein ganz anderer, ein fühlsamerer, ein immaterieller, ein unauffindbarer Knochen geworden. Wie verzückt war Goethe über die Auffindung des os intermaxillare! »Es ist wie ein Schlußstein zum Menschen!« rief er aus, aber damals war der Brixiusknochen noch nicht gefunden, und Goethes Verzückung konnte noch nicht die labiale Verzückung des kleinen Brixius sein. Die Knochen, ja, die Knochen! Nichts geht stärker, nichts schlägt schlimmer, nichts sitzt am Ende tiefer in den Knochen als ein schwe-

res Wort, ein lastender Genetiv, ein unerreichbares Futurum.
Nur der kleine Brixius redete in seiner erleichterten Sprache, und er spürte, wie es ihm ganz leicht ums Herz und wie es ihm erhebend ums Gemüt, ja, wie es ihm schwerelos in den Knochen wurde. Er tastete nach seiner Brust und befühlte seine Hand- und Fußgelenke, er schnellte mit dem Zungenbein und sprach seine ätherische Sprache. Welch labiale Verzückung! Das war eine Sprache, die nicht mehr so schmerzhaft auf die Knochen ging.
Hatte nicht schon Professor Lem aus Krakau gefragt, ob der Mensch überhaupt noch die Prothesen der Kultur brauche, wenn ihm neue Glieder wachsen könnten? Luftigere Glieder und leichtere Knochen: der ganze menschliche Körper muß umgebaut werden, und zwar mit Hilfe der Sprache. Nicht Flügel und Steuerschwanz sind nötig, nicht das Rabenschnabelbein, dieser wichtigste Knochen der Vögel, der sich vom Vorderrand des Brustbeins aus auf jeder Seite aufwärts mit dem Flügelgelenk verbindet und bei der Kraftübertragung der Brustschulterregion eine so bedeutende Wirkung auf das Fliegen ausübt, nein, nicht Vogelknochen sind nötig, sondern erleichterte pneumatische Hirnknöchelchen und ein feines System von Luftgefäßen, in die die neuen Wörter ungehin-

dert einströmen und es zu den erhebenden Wirkungen kommen lassen können.
Das Zwischenglied, das die Ausbildung und das Wachstum dieser neuen Organe begünstigt und steuert, ist das os grammaticum, ein winziges, rundliches Knöchelchen, das der kleine Brixius einmal im Grenzbereich der Sesambeine, ein andermal im Zentrum des Interesses fühlt, je nachdem, ob er gerade über die Straße hüpft und mit den Armen rudert, oder ob er »ja« sagt und die Geschlechter der Liebergallshauser Dinge ineinandertauscht. O nein, der Zwischenkieferknochen ist nicht der Schlußstein zum Menschen, erst wenn der Brixiusknochen einmal seine Steuerfunktion auf die oberen Dreier und auf die Stimmritze auszuüben beginnt, wenn sich die Reißzähne auswachsen und sich die Stimmritze umbildet, dann wird man von einem Schlußstein sprechen dürfen.
Wieder ertönte der Pfiff, das trockene Knacken. Es klang, als ob sich ein Flügel bewege, als ob ein Vogel von einem Stein abhebe, von diesem Schlußstein zum Menschen. Ist nicht ein Pfiff das Zeichen für eine Erleichterung in jeder Form? Cornelius Buchecker hatte die Vögel des Aristophanes und den Vogel Rock aus 1001 Nacht fliegen sehen, er als Grammatiker, der noch den engsten Kontakt zu dem os grammaticum haben mußte, sollte am ehesten begriffen

haben, daß es zum ersten Mal in der Geschichte der Menschheit gelingen müßte, den Menschen mit Hilfe der Sprache von der Wurzel her zu ändern. Er als Augenzeuge und grammatischer Fachmann mußte beginnen, diese neue Sprache des kleinen Brixius zu lehren. Denn was ist das für eine Sprache, die selbst nichts mehr zu lernen braucht, die aber alles lehren kann, eine Sprache, in der es nicht einmal mehr das Wort »lernen«, sondern nur noch das Wort »lehren« gibt!
Ja, auf dieser Erde wird es nicht eher einen Schritt nach vorne geben, bevor nicht das Plusquamperfekt in allen Ehren gesprochen und der Genetiv einer gründlichen Revision unterzogen worden ist. Es bleibt wohl nichts anderes übrig als der Umbau des Menschen. So wie die abgeschlossenen Vergangenheiten und die offenen Zukünfte ineinander übergreifen, wie vollendete Erzählfiguren in gastlichen Zeiten auftreten und es auf diese verschmelzende Weise zu einem neuen Sprachgerüst kommt, so müssen die Rabenschnabelbeine und die Schlüsselbeine, die Sesambeine und die Gabelbeine ineinander übergreifen und es zu einem neuen Knochengerüst kommen lassen, dank des Brixiusknochens, der schon im griechischen Dädalos vorgebildet war. Denn wie hätte Ovid sagen können: »Dimittit in artes naturamque novat«, wie

hätte er behaupten können, daß schon Dädalos den Sinn der Natur gewandelt habe, als er die Federn in eine Reihe legte und die Kiele mit Wachs verklebte? Und erst der kleine Brixius, er wandelte den Sinn der Natur auf seine Liebergallshauser Weise: sich aus eigenem Antrieb aus dem Staub erheben, nur mit Hilfe der Sprache, darauf kommt es an!
Bald sah man am Gelben Berg eine ganze Fluggesellschaft starten und landen, sogar Dr. Zangl und Dr. Kropf, den ersteren mit wehenden Rockschößen wie eine vampirische Erscheinung, den zweiten mit eng anliegenden Hosenbeinen, ein Stromliniengeschöpf. Professor Geißenreither schwebte einher, und jedermann konnte sehen, daß die Farbe seiner Socken um eine Nuance dunkler war als die Farbe seiner Hose, ganz wie es sich für einen Hermeneutiker gehört, der am Ende die Verwandlungen nicht nur auslegen, sondern sich selbst mitverwandeln möchte, denn schließlich besaß ja auch er die Anlage des rundlichen os grammaticum. Und was ist mit Professor Suitbert aus Göttingen? Schwebt er schon über den interdisziplinären Kolloquien, in extraterrestrischer Zuversicht, so als könnte es erst zu einer kontinentalen, dann zu einer globalen, schließlich zu einer universalen somatischen und grammatischen Mutation kommen und nicht nur die

einzelnen Erdteile und der gesamte Erdkreis, sondern als könnte eines gar nicht so fernen Tages das ganze Weltall in diesen Prozeß einbezogen werden.

Denke ja niemand, daß die Kinder der Nachbarschaft den kleinen Brixius links liegen ließen oder ihn mit Fleiß von sich fernhalten wollten, nur weil er ein so fröhlicher Außenseiter war. Im Gegenteil, seit dem ersten Ferientag flogen sie alle mit; und wenn man sie so fliegen sah, den kleinen Brixius Hand in Hand mit Luise, dann fragte man sich, warum sich eigentlich kein Politiker um diese Erleichterungen gekümmert hatte. Was gibt es Erstrebenswerteres als eine ansteckende Gesundheit!

Joseph Conrad
Die Rückkehr
Erzählung

Aus dem Englischen von
Fritz Lorch

Band 9309

Die in ihrem Flair und Charakter an Stendhal erinnernde Erzählung, eine Ehegeschichte, beobachtet die dramatisch zugespitzte, feindselig-wortkarge Situation zwischen einer Frau, die ihren Mann verlassen wollte, ihren Entschluß jedoch revidiert hat, und ihrem Mann, in dem Moment, in dem sie zu ihm zurückgekehrt ist. Mit erregender psychologischer Subtilität inszeniert Conrad den Sturm widerstreitender Gefühle, das Hin- und Herwogen der Kränkungen, auftrumpfenden Gereiztheiten und Mißverständnisse und das Oszillieren zwischen falschen und echten Gefühlen – bis hin zu dem überraschenden Ausgang der Szene.

Fischer Taschenbuch Verlag

Franz Kafka
Ein Bericht für eine Akademie
Forschungen eines Hundes

Band 9303

»Ein Bericht für eine Akademie, wie sich mein Leben verändert hat und wie es sich doch nicht verändert hat im Grunde« – diese Collage aus dem Titel der einen und dem Anfang der anderen Erzählung dieses Bandes weist auf ihre äußere, ihre erzähltechnische Gemeinsamkeit. In beiden berichtet ein Tier als ein Ich – ein Affe bzw. ein Hund – über sich selbst und seine Weltsicht, seine Wirkung auf die Menschen und seine Beobachtungen eben dieser Menschen.

Fischer Taschenbuch Verlag

Vladimir Pozner
Die Verzauberten
Roman

Aus dem Französischen von
Stephan Hermlin

Band 9301

Vladimir Pozners eleganter, im Stil der klassischen Novelle komponierter Roman *Die Verzauberten* (1961) erzählt eine Geschichte von ›Unordnung und frühem Leid‹. Ein kleines Mädchen erfährt die erste bittere Enttäuschung seines Lebens, als der von ihr bewunderte Zauberer Prinz Abdallah sich als gewöhnlicher Gauner herausstellt und das geliebte Kindermädchen, für das es alles getan hätte, sie aus Liebe zu jenem zweifelhaften Burschen im Stich läßt.

Fischer Taschenbuch Verlag